21世紀を憂える戯曲集

野田秀樹

新潮社

目次

カバー装画　後藤徹／横山文啓
装幀　新潮社装幀室

21世紀を憂える戯曲集

今日は、3月24日である。この芝居が初日を迎える頃、このたびの戦争がどうなっているか知らない。

だが、このたびの戦争のありようによってこの芝居の見え方は全然違ってくる。

そもそもこの芝居は一年半前に思いついた。

思いついた時は、きっとこの芝居を時代錯誤の芝居としてとらえる人もでてくる。そう思っていた。

だが私は、この寓話をどうしても書きたかった。

1999年に『パンドラの鐘』という芝居を上演した時に自分の中で、もうひとつ別の目線から書かねばならない。その思いが芽生えた。

自虐性の強い現代の日本人であるからこそ、余計、絶対に書いておかなくてはならない、このことを。そう思った。それが、この芝居だった。

きっと、半数の観客は、何を今更と思うかもしれない。それでもやはり書いておこう。そう思った。

だが、世界の方が動いた。世界がこの芝居に近づいてきた。

もしかしたら、この芝居が千穐楽を迎える頃には、世界がこの芝居を追い越してしまうかもしれない。

そんな気さえする。

今、稽古場にいながら、このたびの戦争が始まり、その戦況が日々変わっていくたび、この芝居が違って見える。この芝居の様々な場面が日々違った意味を持ってくる。

寓話は、その時代のありようによって、こうも違って見えてくる。

その生々しさに、改めて驚いている。

寓話は、今この瞬間に起こっている戦争には無力であるが、永遠に起こりつづけるかもしれない戦争というものに呼びかける力はある。

その思いで、今、この芝居は始まる。


（二〇〇三年「オイル」公演パンフレットより）

野田地図第九回公演『オイル』

東京公演：2003年4月11日（金）〜5月25日（日）　Bunkamura シアターコクーン
大阪公演：2003年5月30日（金）〜6月15日（日）　近鉄劇場

作・演出　野田秀樹
美術　堀尾幸男
衣装デザイン　ワダエミ
照明　小川幾雄
選曲・効果　高都幸男
ヘアメイク　河村陽子
舞台監督　瀬崎将孝
プロデューサー　北村明子

演出補　高都幸男
演出部　酒井千春／川嶋清美
多和田仁／藤本典江
上野博志／古田亜希子
清水将司／大友圭一郎
照明操作　熊崎こずえ／榊有美子
添泉恭子／宮村奈央
穐山友則
音響操作　近藤達史
美術助手　升平香織
衣装助手　櫻井佳代
演出助手　山崎総司

映像制作　奥秀太郎
大道具制作　俳優座劇場舞台美術部
（石元俊二）
小道具　高津映画装飾㈱
（石崎三喜）
衣装制作　アトリエ永田（永田光枝）
特殊効果　㈲右ストレート（土屋英二）

履物　DANCIN SHOE オオキ
協力　㈱東芝／㈱ホリオ
㈱バリライトアジア
㈱ジェイ・エー・シー／DaB
㈱スタッフ・ユニオン
㈱永幡工業／松本有希子
稽古場協力
Bunkamura シアターコクーン稽古場
大阪公演協力　キョードー大阪／天真爛漫

制作助手　藤田千史／萩原朱貴子
市瀬玉子
票券　笠間美穂
広報　西村聖子
提携　Bunkamura（東京）
近鉄劇場（大阪）
ポスター・画　野又穫
宣伝美術　平田好
パンフレット写真　加藤孝
パンフレット編集・取材　大堀久美子
パンフレット取材　沢美也子
パンフレット撮影協力　日本ドラム㈱
e.a.t…
（新井克英／高橋貢／田邉信男）
舞台写真撮影　青木司
ポスター貼り
ポスター・ハリス・カンパニー
印刷　吉田印刷工業㈱
企画・製作　NODA・MAP

出演

松たか子…………富士
藤原竜也…………ヤマト
小林聡美…………総合的な神マサカ／マッサーカ軍曹
片桐はいり………ノンキダネ／日本人23
山口紗弥加………神宮寺醍子／日本人24
北村有起哉………日本人34／元村長／元元村長／日本人28／被征服民8／ヨナレヲセヌヒト8
橋本じゅん………ヤミイチ
土屋良太…………日本人53／日本人33／日本人83／日本人27／日本人45／ヨナレヲセヌヒト7
進藤健太郎………知恵の神ロイヤ／ロイヤー伍長
小手伸也…………戦いの神コラバガ／コーラバーガ二等兵
山中崇……………日本人52／日本人32／日本人82／日本人26／日本人44／ヨナレヲセヌヒト6
越志マニング……ナマコ
野田秀樹…………大國教授

オイル

野田秀樹：脚本

そこは不毛の地に見える。

遠くから、小、中、大の三つの瘤が手前に連なる砂地。

そこをえんえんと歩き続けている人々の一群。

遠くに閃光が走った瞬間、人々の歩みは極めて緩やかなスローモーションに変わる。

富士　もしもし?……やっと繋がった。忙しいのね。相変わらず。え?　うん、そんなにいそぎでもないんだけど。前からあなたに聞きたいことがあったの。大丈夫?　今時間ある?　うん?　大したことないって言えば大したことないかな、あなたには。でもあたしには重大なことなの。あのね……もしも……天国があるというのなら、何故あの世に作るの?　この世にないの。どうして、天国が今ではなくて、アフターなの?　その答えを教えてくれたら信じてもいいよ。あなたのこと……もしもし、もしもし、あれ切れちゃったの切っちゃったの?　怒ったの?……ごめんなさい。嘘ついた。ほんとは助けが欲しい。あなたの。聞こえていたら、返事して、神さま。

歩き続けていた一群、ふと止まる。一人の男が、地面を突き刺す。

そこから何かが、噴き上がる。それは、巨大な一頭の竜。

竜が天までのぼると、同時に空から竜のウロコが降ってくる。

降ってきたウロコはパラシュートに変わる。


天上よりヘリコプターの轟音と共に、神々が舞い降りてくる。

静寂が支配する。

神々（マサカ・ロイヤ・コラバガ）の噛んでいるガムの音ばかりが聞こえる。突然、ガムの音が止まる。

総合的な神マサカ　ガムの味がもうしないわ。
知恵の神ロイヤ　ガムは味がしなくなってからが、本当のガムの味です。
戦いの神コラバガ　でもかれこれ百年は噛み続けています。
マサカ　もうそんなになるのね。天からこの地に舞い降りて。
ロイヤ　天におわするわが神がおっしゃるには『豊葦原《トヨアシハラ》の千《チ》秋《アキ》の長五百秋《ナガイオアキ》の水穂《ミズホ》の国は、いたくさやぎてありなり』とのことでしたが……。
マサカ　人なつっこいし、飯もうまいし、空気もいいし、最高ねえ、ここ。
ロイヤ　ただ一点をのぞけば……。
マサカ　そこなのよねえ。何時になったら、彼等は負けたことを認めるの。

コラバガ　戦の神と呼ばれるこのコラバガでさえ、もういい加減、奴らを殺し疲れました。
マサカ　この砂と海にだけ囲まれた土地は何かが変なことになってるわ。

被征服民たちは、捕虜のように手を頭の後ろに回し、膝で歩いてはいるのだが、にこにこしている。

マサカ　なんでそんなににこにこしてるの？
被征服民たち　（口々に好きなことを喋って）にこにこ、だって……。
ロイヤ　我々に従うという意味なのか。
被征服民たち　（口々に）我々に、だって……。
マサカ　いい、まず私が『なが神々は、天《アマ》つ神の御子《ミコ》の命《ミコト》のまにまに違《タガ》はじと白《マヲ》しつ。かれ、なが心いかに』と尋ねるから、あなたたちが、『あも違はじ。この葦原《アシハラ》の中つ国は、命のまにまにすでに献《タテマツ》らむ』と答えるの。
被征服民たち　（口々に）うわあ、おぼえらんなあい。
ロイヤ　それが、国譲りの筋書きです。講和条約というものなのです。
マサカ　わかってるの？　あなた達は、我々に国を譲るの。それは、もうあんたとこの総大将の大國主も認めてるのよ。
被征服民たち　（口々に）砕けた砕けた、急に砕けた……。
マサカ　その、みんなでわーわー言うのをやめなさい。

ロイヤ　お前だけ、さっきから一言も口をきかないな。
コラバガ　前へでろ。
ロイヤ　我々に、恭順の意を示さないという意思表示か。
ナマコ　……。
マサカ　口が要らないみたいね。

コラバガの剣がナマコの口を裂こうとするよりも早く、ナマコ、恨みがましく目の前で腹を切ってみせる。

コラバガ　うわあ、こいつ腹をきりやがった!!
マサカ　わからん、こいつらのやることなすことわからん。

ただ、被征服民は、仲間の死を見ている。

ロイヤ　敗北を知らない以前に、彼等は何かを知らないのだと思われます。
マサカ　恐れを知らないの？
被征服民8　蛾だあぁ！
コラバガ　細かいものは怖がります。
マサカ　（死んだはずのナマコが立ち上がるのを見て）何処へ行く。

ロイヤ　お前は今、死んだんだぞ。
コラバガ　勝手に出て行くな。

それでも出ていくナマコ。再び斬り殺される。

マサカ　結局、死の意味を知らない。そこに行き着くのかしら、知恵の神、ロイヤ。
ロイヤ　その感じがとても近い気がするんですが……トータル的な神、マサカ。
マサカ　でも、もっとなんというか、何かを知らない気がするのよね、こいつら。

被征服民は、いつのまにか賑やかにがやがやとそこに横たわっているモノのその世話をしている。

コラバガ　あれはなんなんでしょう。
ロイヤ　あんなモノいつから、横たわっていましたかね？
マサカ　誰なの、それ。
大國教授　マホメット。
マサカ
ロイヤ
コラバガ　｝マホメット⁇⁇‼

神話の世界は、その驚きと共に奥へ走り込む。
代わって1945年の世界が走り込んでくる。男たちが一人の男を引きずるように連れてくる。

日本人34　マホメット!?　が、古代、この島根県にいただと?
大國教授　ひー、お気にさわったらごめんなさい。
日本人33　それが貴様の出雲神話の新解釈なのか。
日本人34　そんなことのために貴様、国家予算を使っていたのか。
日本人32　キリストが青森にいたという学説をながして一儲けした学者がいるそうです。その二番煎じですよ。
大國教授　ああ、青森大学の湯田《ユダ》教授ね、あれはひどいね。
日本人34　貴様が言うな。
大國教授　だって、青森には戸来《ヘブライ》村がある。だからキリストが青森にいた……馬鹿の考えることでしょ。
日本人34　キリストが青森、マホメットが島根。……どう考えても同じだろ。
大國教授　ちがう。キリストは敵国の神だが、マホメは違う。
日本人33　この非常時に、マホメットマホメットと?
大國教授　正確に言うと、その預言者の名はマホ女《メ》なんです。女だったんです。それが、『マホ女と愉快な仲間たち』みたいな感じで、マホ女と……マホメト……マホメットって、こう変化したわけ。

日本人32　どうでもいい！　撃ち殺すぞ。

大國教授　ひー、お許しを。でもマホ女がここに。それは、間違いのないことで……。

日本人34　われわれが、知りたいのは、邪教の預言者のことではない。この出雲の地から石油がでるかどうかということだ。

日本人33　石油が出雲には、あったという、貴様らの学説に、一縷の望みをつないでいるのだ。

大國教授　一縷の望み？

日本人33　石油さえでれば、この戦争は優勢な闘いに変わるのだ。

大國教授　だから、マホ女が何とかしましょうって。

日本人32　だから、マホメットなどどうでもいいといってるだろう。石油だ！

三人　石油はでるのか！

大國教授　ひー。でます。あと一ヶ月もあれば、中秋の名月が見える頃には……。

日本人34　中秋の名月を見るか、泣きを見るかだ。

日本人34、日本人33、日本人32去る。
いつの間にか、女が一人立っている。

大國教授　あれ？　神宮寺君、君、いつ帰ってきたんだ？

神宮寺醍子　一週間ほど前です。
大國教授　そうか、わたしはまたてっきり……。
神宮寺醍子　てっきりなんです？
大國教授　いや、まあ、いい。
神宮寺醍子　先生、石油は出るんですか？
大國教授　知らん。
神宮寺醍子　知らんって……。
大國教授　石油というと誰もが目の色を変える。これは、日本の為なんだ。マホ女島根在住説、
　それが証明されれば、断食の月には十億人のイズラム人がこの島根にやって来る。
神宮寺醍子　十億人、実感が湧きません。
大國教授　中華料理を食べる人間と同じ数だ。
神宮寺醍子　まだ実感が湧きません。
大國教授　また新型爆弾が長崎に落ちた。
神宮寺醍子　……。
大國教授　実感湧くか。
神宮寺醍子　広島に落ちた、あれですか。
大國教授　もう天皇はダメだ。
神宮寺醍子　先生、あたしはマホメットも好きですが天皇陛下もお慕い申し上げています。
大國教授　日本がこの大東亜戦争で……。

神宮寺醍子　（さえぎって）聞いてるんですか？　あたしの話。
大國教授　日本がこの大東亜戦争でアメリカに勝つ為には、天皇ではもうダメだと言ってるんだ。
神宮寺醍子　先生を殺しても良いですか。
大國教授　いいぞ。この戦争に負けたらどのみち日本国民は皆殺しだ。
神宮寺醍子　だからマホメットなんですか？
大國教授　だのにマホ女だ。十億人のイズラム人が日本の味方につくんだ。もしも。
神宮寺醍子　もしもこの地からイズラムの神話が掘り出されれば、ですか。
大國教授　出る。いや、出す！　誰もが雲を摑むような話と言う。だが雲より出ずると書いて出雲。そして、古代、出雲はイズモとは呼ばれていなかった。
神宮寺醍子　なんて言われていたんです。
大國教授　イズラモ。
神宮寺醍子　何故そんな大事なこと今日まで黙ってたんです。まるで今思いついたように。出雲イズラモ……青森のヘブライより誰もが信じたい気持になりますよ。
大國教授　でもまだ青森に負けてる。
神宮寺醍子　島根は青森に負けません。
大國教授　青森にはイタコがいる。
神宮寺醍子　あの取り憑く奴ですか。
大國教授　この出雲にもそんな娘の一人でもいてくれれば、その娘からマホ女のコトバが聞けるかも知れない。

富士とその母ノンキダネの姿が浮かぶ。
富士は、電話交換台の前に坐っている。傍に『あ』から『ん』までの、五十冊の電話帳が整然とおいてある。

富士 あ、もしもし、もう復帰しないの？　え？　なんか、ちょっとあなたの声が変じゃない。
ノンキダネ ……またやってる。何日続ければ気が済むんだい。
富士 だって。聞こえるんだもの。ほら、あ、もしもしごめんなさい。取り込んじゃってて。だから、その甲高い声やめてよ。年齢と不釣り合いなのよ。え？　え？　だいじょうぶよ。ほんとよ。みんな待ってるよ。あんた、神さまなんだから、野球の。へっちゃらだってば。何回同じ手を使っても。戻っておいでよ長嶋監督。
ノンキダネ （電話を奪い取る。聞く）もしもし、もしもし？……わかる？　相手なんていやしないの。（娘の耳にあてて）わかる？
富士 いるのよ。
ノンキダネ 他人様の前でそんなこと言うんじゃないよ。
富士 でも本当なんだもの。
ノンキダネ キチガイだと思われて連れてかれるよ。
富士 キチガイなんかじゃないわ。あたしの頭の中では聞こえるんだもの、長嶋監督の声。
ノンキダネ それをキチガイっていうんだよ。

富士　だんだん、分かってきたの。
ノンキダネ　なにが。
富士　受話器を持って、死んだ人のことをハーッて念じると、向こうからその人の声が聞こえるの。
ノンキダネ　その長嶋って人、死んでないと思うよ。
富士　じゃあ、長嶋監督の真似をするのがうまい人が死んだのよ。なんか、微妙に声が違うと思ったんだ。
ノンキダネ　大体、誰なんだい？　その長嶋監督って。
富士　あったこともない人よ。
ノンキダネ　いいかい、忘れるんだ。電話の向こうから聞こえた声なんて。

突然、いろいろなものが母娘に投げつけられる。

ノンキダネ　なにしやがるんだ。馬鹿野郎。
日本人53　馬鹿野郎は、こっちのセリフだ。馬鹿野郎。
ノンキダネ　何が馬鹿野郎だってんだい。馬鹿野郎。
日本人52　おめえのこの娘だ。

喧嘩に割って入ってくる元村長。

ノンキダネ　どういうことなのさ、村長。
元村長　いや、わしはこの前、選挙に負けた。
ノンキダネ　元村長。
元村長　電話は国家の財産である。若い娘の遊び道具ではない。この非常時にこれ以上……。
富士　（大きな声で）あ、もしもしプリンセスダイアナ？　え？　月の女神になったの……。
元村長　電話交換手という職権を利用して、娘の富士さんがだな、これ以上奇妙なことを続けるとだな。時節が時節である……。
ノンキダネ　回りくどいから選挙に落ちたんだよ。
富士　はい、え？　和田さんのお婆さま？　ええ、子供の頃、本当にお世話に。ええ、暫くお待ち下さい。今、電話帳でお調べいたします。和田さん和田さん（電話帳をめくりながら）あら、ここにいた。……（日本人53に）和田さん、お電話ですお姑さんから。
ノンキダネ　うちの富士はちゃんと仕事してるじゃないの。
日本人53　俺の姑は死んでるんだよ！　しかもやっと!!
元村長　といった風に苦情が絶えない、心苦しいんだが、娘さんに電話交換手の仕事を返上して貰えないか。
ノンキダネ　出来ません。うちは、奈良時代から続いている電話交換手の家系なんです。
日本人53　ほー、奈良時代に電話交換手が……。
ノンキダネ　だから、電話は無かったけれども、電話のなんていうの？　気分よ。気分をこう、昔から取り次いでたんだよ。

日本人52　娘が娘なら、この母親も……。

ノンキダネ　そうなんだよ、性格も見た目も瓜二つで。

日本人53　娘から電話機を取り上げろ！　何かことをしでかす前に！

元村長　（富士に）富士さん。申し訳ないが、元村長として……。

富士　もしもし！

日本人53　聞いているのか村長の話を。

元村長　元な……。

富士　（電話に）聞こえてますか？

日本人52　聞いているかと聞いているのだ。

富士　（電話に）聞こえていますかと聞いているんですが。

日本人52　聞いているのはこっちだ！

娘に叫んでいる人々の声が聞こえなくなる。叫んでいる姿のみ見える。

富士　はい、もちろん聞こえています。もしもし？　もしもし、もしもし……。

そして遠くから、零戦が見えてくる。飛行士が乗っている。

富士　そちら様のお名前をもう一度お願いします。
ヤマト　大和です。
富士　戦艦大和と同じ大和でよろしいのですか？
ヤマト　はい。その戦艦ならば、片道分の燃料をしか給油されていないことを承知しながら沖縄へ向かいました。そして自らを海岸に擱坐《かくざ》させ、主だった大砲を陸上砲台となし、アメリカの沖縄上陸を阻止すべく、迎え撃とうと考えたのであります。
富士　ご丁寧な説明有り難うございました。
ヤマト　しかしながら、その特別攻撃に向かう途中、のべ一千機に及ぶ米軍機の空襲を受け、その被弾による損害甚大なるに沖縄を救う思い能わず、その無念と共に徳之島西方で敢えなく沈没しました。しかしながら、大和は生きて帰って来るつもりでありました。姉さん。誰もがその思いは変わりません。たとえ人は片道分の燃料をしか積んでいないとしても生きて帰ってくる希望を捨ててはいないのであります。姉さん。そして、一度与えられ、やがて奪われた希望ほど悲しみの深いものはありません。
富士　どこへ、お繋ぎすればよろしいのかしら。
ヤマト　姉さんを、姉さんをお願いします。
富士　申し訳ありません。過去と今日とが混線しています。

飛行機の胴体がこちらへと突っ込んでくる。
もとの現実の世界へ。大騒ぎになる。

元村長　何だ、何が起こったんだ。

日本人53　零戦だ。

元村長　何で、日本の飛行機がここへ突っ込んで来たんだ。

日本人52　急いで、助けろ。軍人さんを！

助けようとすると、その飛行機から、青年ヤマトが自力で降りてくる。

ヤマト　申し訳ありません。自分の飛行機が計測器の故障により緊急不時着しました。しばらくこの庭をお借りいたします。

日本人53　あの出で立ち。

日本人52　特攻隊の人だよ。

ノンキダネ　お怪我ない？　って、特攻隊さんに聞くのは失礼かな。

ヤマト　自分なら大丈夫であります。それよりも、自分の愛機が……ああ！

ノンキダネ　どうしました？

ヤマト　オイルも不足しているようであります。自分は一刻も早くまた飛び立たねばなりません。不躾ではありますが、お国のために幾ばくかのオイルをお願い申し上げる次第です。

元村長以下、日本人53、日本人52等「よし、オイルだ」「サラダオイルだ」「オリーブオイルだ」とか言いながら走り去る。
ヤマトをじろじろと見ている富士。

富士　あなた、逃げてきたでしょう。
ヤマト　え？
富士　盗んだの？　その飛行機は。
ヤマト　失礼なことを言わないで下さい。
ノンキダネ　そうだよ。どうして、お前はそんなに失礼な娘なのかねえ。
富士　何故、今更オイルが必要なのよ。
ヤマト　不足しているからと申し上げたではありませんか。見て下さいよ。メーターを。
富士　見たよ。
ヤマト　半分じか入ってません、片道分ですよ。
富士　片道あれば、充分じゃない。あなた、特攻隊でしょう。わかる？　これから特攻する飛行機のオイルを満タンにする必要がある？　死刑囚に風邪薬を飲ませるようなもんでしょ。
ノンキダネ　うまい！　そして、さすが私の娘だわ。特攻するのが恐くて飛行機ごと逃げてきたね。
ヤマト　（土下座して）すいませんでした。
男　すいませんでした！

その男は、別の飛行機から降りてきて土下座する。

ノンキダネ　誰だい、あんた。
ヤマト　あ、ヤミイチ、お前どうして。
ヤミイチ　お前が逃げるのを感づいて、追って逃げたら俺の飛行機も不時着だ。
ノンキダネ　あんたも特攻隊が恐くて逃げてきた口？
ヤマト　いやだな、その『口？』って言い方。
ノンキダネ　口？
ヤミイチ　はい、その口です。しかしながら、どちらかと言えば瞳かな。
ノンキダネ　瞳？
ヤミイチ　わたしは、飛行兵ではありません。空軍の報道班でありました。
ノンキダネ　カメラマンだったの。
ヤミイチ　いいえ、元々映画監督になりたくて……。
富士　そんな人間ってみんな卑怯者よ。
ヤミイチ　その通りです。戦場へ行くのが恐くて徴兵検査の色盲テストの時にめちゃくちゃ答えたら全盲と言われ報道班に回されました。
ノンキダネ　全盲がどうしてカメラマンなのよ。
ヤミイチ　そこが軍隊の持つ不条理さであります。
ヤマト　ヤミイチ、なんで報道班が特攻隊に選ばれたんだ？

ヤミイチ　全盲であることがばれたんだ。
ヤマト　お前、全盲じゃないだろう。
ノンキダネ　第一、全盲をどうして特攻隊なんかにするの。
ヤミイチ　そこがまた軍隊の持つ不条理さなのであります。
ノンキダネ　不条理がすぎるわよ。
ヤマト　すぎるでしょうか。
ノンキダネ　え？
ヤマト　片道分のオイルだけ積んで人間を飛行機に乗せて敵艦めがけて飛ばす方が不条理がすぎるのではありませんか？　そのうえ、桜が散るの散らないのと、涙流して酒呑んでる奴らの方が不条理がすぎるのではありませんか。私は、潔く散りたくなどありません。生きていたいのです。
富士　（つかつかと歩いてきてひっぱたく）貴様あ！
ヤマト　いてえ。
富士　（ひっぱたいておきながら）大丈夫？　どのくらい痛かったの？
ヤマト　あなたの娘さんは、すこしあれですか？
ノンキダネ　あれって言ったね。（ひっぱたく）
ヤマト　いてえ。
富士　大丈夫？　大丈夫？
ヤマト　もういいから。

富士　いいの？（ひっぱたく）そんな痛い目にあって。
ヤマト　おい、なんかいやな所に逃げて来ちまったな。
ヤミイチ　早いとこオイル積んでよそへ逃げよう。

そこへ、オイルを持って駆けつけてくる老人等、元元村長、日本人83、82。

元元村長　軍人さん、申し訳ない。これしかない。
日本人83　こちらの元村長が。
元元村長　わしが選挙で負けたのは遠い昔だ。
日本人83　元元村長が、出雲老人会の連絡網を使って、出雲中の油という油をかき集めたんだが。
ヤマト　これっきりですか……。
日本人82　あとは、私の油汗……。
ヤミイチ　こんなもので貴様ら、飛行機が飛ぶと思っているのか。
日本人83　あれ、もう一人特攻兵さんがいたよ。
日本人82　次から次と若者が、散る桜になろうとする。
元元村長　それに比べて、わしら老人ときたら。
日本人83　飛行機一機飛ばす、石油さえ集めてこられない。
元元村長　この軍人さんたちにみんなで死んでお詫びしよう。
年寄り　おー～～～！

年寄りたち、かまびすしく、腹を切ろうとし始める。

富士　し！　ラジオが聞こえない。
ノンキダネ　戦争に負けたみたいだよ。
日本人82　え？

玉音放送が聞こえてくる。
ストップモーション。

戦後である。
戦後の音が、聞こえてくる。と共に、飛行機の轟音が次第に高まってくる。
空から、人々が次々に降りてくる。そして、一台のジープがやってくる。止まる。ジープからおりてきた人間は、みなサングラスをかけ、何も喋らず、えんえんとガムを噛んでいる。
遠巻きに警戒して見ている日本人。

元元村長　……何か噛んでる。
日本人83　アメリカ人の噛んでるものだ、油断するな。

日本人82　吐き捨てた。
元元村長　伏せろ！
日本人83　……大丈夫だ。

一人がサングラスを取る。

日本人83　あれ？　黒い目してるよ。
元元村長　油断するな！　コンタクトレンズかも知れない。
日本人82　肌も黄色い。
元元村長　油断するな！　コンタクトスキンだ。
マッサーカ軍曹　こんにちは、アメリカからやって来たアメリカ人です。
日本人82　日本語も喋るよ。
元元村長　油断するな！　日本語に似た違うコトバかも知れない。
マッサーカ　私は英語を喋れません。
元元村長　え？
マッサーカ　アメリカには英語を喋れないアメリカ人など、腐るほどいます。カレーが嫌いなインド人がいるほどに。
元元村長　どうやって、我々と見分ければ良いんだ。
マッサーカ　（グリーンカードを見せて）このグリーンカードを片手に、入国審査を通ってきたものだけがアメリカ人。

日本人82　あのグリーンカード、黄緑色っぽくないか。

マッサーカ　私達日系アメリカ人のグリーンカードは黄緑なのです。

コーラバーガ二等兵　お茶零したとか言ってませんでしたか。マッサーカ軍曹。

元元村長　占領するのにも、島根には日系人をよこしやがった。

日本人82　しかも、軍曹だよ、一番トップが。

日本人83　アメリカは島根をなめてるのか。

マッサーカ　なめる前に島根を知らないのがアメリカ。

日本人ナマコ　(腹立てて向かっていく)

元元村長　やめろ、ナマコ。

ロイヤー伍長　なんで、こいつは口をきかないんだ。

日本人83　ナマコだからだ。

マッサーカ　口をきかないのは、ナマコだけじゃないでしょ。林檎だって、何も言わないでしょ。もう少し、戦争に負けたという現実？　立場？　お台場？　わきまえて欲しいのよね。

　ナマコ、突然アメリカ人の前で、腹を切ってみせる。

　そこにいる日本人は仰天するが、アメリカ人は、ただガムを噛んでにやにやしながら見ている。

マッサーカ　あたしが驚くとでも思ったの？　あたし達、アジアを勉強してから来たのよ。日本人は腹を切る。韓国人はキムチを食べる。パンダは笹を食べる。
日本人たち　……。
マッサーカ　なにか間違ってる？
元元村長　パンダは、笹なあ……。
マッサーカ　わかったら、このジープをアメリカだと思って、ついて来られるところまでついておいで島根の大衆！
ロイヤー　出せ、ジープ！
コーラバーガ　イエス、サー!!
マッサーカ　拾いなさい!!　拾いなさい!!（チョコなどをなげる仕草）

ジープを必死に追い始める島根県の老人たち。

ロイヤー　コーラバーガ。なんか、島根だと追っかけてくるのが老人ばかりで、もうひとつああ占領したって実感がないな。
コーラバーガ　やっぱり子供に歯を食いしばって、ジープを追ってきて欲しいですねえ。
マッサーカ　何言ってるの。我々日系人が占領軍に加えてもらっただけでも凄いことじゃないの。
ロイヤー　でも、あの老人の笑顔を見ても、もう一つ解放してやったって感じが。
マッサーカ　今度の戦争で、日系人がアメリカ兵として、何万人と死んでみせてはじめて、ああ顔は日本人だけど心はアメリカ人、襤褸は着てても心は錦と認められたのよ。

ロイヤー　でもマッサーカ軍曹も本音は東京占領軍に加わって六本木でブイブイ言わせたかったでしょ。

ジープが急ブレーキをかける。

ロイヤー　急に止まるな。

コーラバーガ　十字路に変な奴が座り込んでいて。

マッサーカ　また、腹切りだわ。どうせ血を出すんだから、ひいちゃいなさい。

コーラバーガ　どけ。

ヤマト　いやだな。

ロイヤー　まいったな、正義漢がでてきちゃったよ。

マッサーカ　あたし達、日本を勉強してきたの。どうせ『俺は特攻隊の生き残り、花と散るのは惜しくない』とか言うん……。

ヤマト　マルボロいらないか？

マッサーカ　え？

ヤマト　マルボロだよ。

マッサーカ　吃驚したけど要らない。

ヤマト　ペプシは？

マッサーカ　要らない。
ヤマト　ハンバーガーは？　俺が安く売るよ。
マッサーカ　これが噂の特攻崩れの闇市だね。
ロイヤー　アメリカならば、訴訟問題だぞ。
ヤマト　ここでは、物さえあれば金を、金さえあれば物を手に入れられる。わかるかい？　売り手が買い手、買い手が売り手だ。何を買う？　何を売る？　この国では、闇市と書いて『どっこい生きてる』と読むんだ。
ヤミイチ　どっこい生きてる！
ロイヤー　威勢はいいけど、それ全部アメリカのものだよ。
ヤミイチ　え？　ペプシも？
マッサーカ　いい？　アメリカが、あたし達が手にいれられないモノなんてもうこの世にないの。
ヤミイチ　すげえな、アメリカ。
マッサーカ　ただ一つを除いてはね。
ヤミイチ　なんだ、あるんじゃない。
ヤマト　何が欲しい。
マッサーカ　自由よ。この土地で、自由は自由に手に入るの？
ヤマト　そういう難しいことは……。
マッサーカ　ゴー！

ジープ走り去る。
代わって、石油缶を持った富士がそこに現れる。

富士　どっこいしょっと。
ヤマト　え？
富士　(ヤマトらに気がついて) あ！
ヤマト　うん？
富士　……良かった。あなた達か。ちょっと手伝ってくれる？
ヤミイチ　あ、はい。
富士　絶対に零さないでね。
ヤミイチ　あ！ (零す)
ヤマト　ヤミイチ！
ヤミイチ　すまん。
ヤマト　これ。
ヤミイチ　え？
ヤマト　石油じゃないか。

ジープ、Uターンして戻ってくる。
そして、マッサーカらじっと見ている。

ヤミイチ　なんだお前たち物欲しそうに。

ヤマト　欲しい物などないんだろう、アメリカに。自由以外は。

マッサーカ　言い忘れていたわ。アメリカでは、石油と書いて自由と読むの。アメリカの憲法にもそう記されているわね、ロイヤー。

ロイヤー　あ、はい。石油を愛すると書いて、自由を愛すると読んでいます。

コーラバーガ　そう、石油の女神と書いて……。

マッサーカ　二等兵は黙っていて。

コーラバーガ　イエス、サー。

マッサーカ　あたし達が、ダグラス・マッカーサー元帥から、この島根に赴任させられたのは、この地に自由を見つけるためなの。

コーラバーガ　え？　知らなかった。石油を。

ロイヤー　自由を！

マッサーカ　どこで手に入れたの？　その自由。この地のどこへ行けば、自由は掘り出されるの？

富士　あのねこの石油は……。

ヤマト　おっと、この先を聞きたかったら、この先は有料サイトだ。

富士　え？

ヤマト　俺たちにまず金を払え。

マッサーカ　何の関係があるのよ、あんたたち。
ヤマト　俺たちは日本人だ。
マッサーカ　私達に占領されたね。
富士　あのね。
ヤマト　それ以上言うな。
富士　言えないのよ。
ヤマト　え？
富士　どのみち言えないの。気がついたら石油を手にしていたの。
マッサーカ　どういうこと？
ロイヤー　アメリカ的に言えば『気がついたら自由を手にしていた』。
マッサーカ　覚えていないということ？　その自由を手に入れた場所を。
コーラバーガ　わざとですよ。教えないつもりなんですよ。この黄色い猿！
マッサーカ　黙って。二等兵。
コーラバーガ　イエス、サー!!
マッサーカ　いいわ。日本のお嬢さん。思い出してからでも。でもそれまでは、誰にも何も言っては……。
富士　言わないわ。
マッサーカ　え!?
富士　誰にも、絶対。（去りかけて、マッサーカに）あなたにもね。

ヤマト　ははは。
富士　（ヤマトに）あなたにもね。

去ってしまう富士。

マッサーカ　（爽やかにヤマト等に）あなた達が気に入ったわ。
ヤミイチ　いや、俺たちは気に入ってないよ。
マッサーカ　あたし達にシンパシーを感じないの？
ヤミイチ　全然。
マッサーカ　言い忘れてたけど、あたし達は日系人なのよ。
ヤミイチ　言い忘れてないよ。言ってたよ。
マッサーカ　アメリカ人にしてあげるわ。
ヤマト　え？
マッサーカ　あなた達をこの島根からひとっとびに、アメリカ人にしてあげる。
ヤマト　そんな突然……。
ヤミイチ　アメリカ人になるなんて。
ヤマト　アメリカ人になるなんて。
ヤミイチ　考えたくもない。
ヤマト　考えたこともない……夢だ。

ヤミイチ　え？
マッサーカ　そうよ、それが、これからあんたたちの戦後の夢になるのよ。アメリカ人になったら、けだるい感じでガムが噛めるのよ。爽やかにコーラが呑めるのよ。粋な感じでバーガーを食べられて、ディズニーが見られて、カウボーイになれて、オープンカーに乗れて、シューマイが食べられて、ヤンキースに入れるのよ。
ロイヤー　一つだけ間違えてます。
マッサーカ　その一つだけ間違えたアメリカ人にしてあげる。
ヤマト　アメリカ人？　俺が急に？
マッサーカ　ただし、あの娘が手にしたあの自由が本当の自由だったのならばね。そして、その自由が、正真正銘の大自由ならばね。
ヤミイチ　大自由？
ロイヤー　法的に言えば、大油田くらいの大きさの自由ということです。
マッサーカ　歯を食いしばって追ってらっしゃい。このジープを。そして一緒に見ましょう。戦後の夢を。カマンカマン、カマンカマンベール！

走り出すジープ。

ヤミイチ　だれがおめえらのジープを追っかけて歯を食いしばったり……なんで、歯を食いしばってんだ。

ヤマト　俺はあのジープについていって戦後の夢を見るぞ。
ヤミイチ　なんて？
ヤマト　あの風きるジープの速度からこぼれ落ちてくる音楽を聞いたか。なんという音楽だ？
ヤミイチ　ジャズ……じゃないか。
ヤマト　あれが本当のジャズか。決して聞くことの出来なかった、あれが本当の音楽というものか。グレン・ミラーが、カウント・ベイシーが、デュークがバードがサッチモが、スイングするバップするブロウする。
ヤミイチ　俺はごめんだ。
ヤマト　あのジープを追え！　アメリカを追え！　お前の好きなシネマも見られるんだぞ！
ヤミイチ　え？　ポップコーン片手に。
ヤマト　ああ。

二人、顔を見合わせ、そして歯をくいしばって、ジープを追い始める。ジープのラジオから流れるジャズ。そしてラジオ放送のＤＪの声が聞こえてくる。

ＤＪの声　グッドモーニング島根〜、お届けした曲、ホレス・シルバー『東京ブルース』でした。米軍日系人の皆さんに送る『エンドレス！　アメリカ』残念ながらエンディングが近づいてきました。最後のお便りはコーラバーガ二等兵からのお葉書です。
コーラバーガ　俺の葉書だ！

DJ　〝アーユービズィー？　ノー、ノー、ノー、ダッテココハ、シマネ〟……後味の悪い終わり方でした。……貴方のお相手はイニシャルもDJ。神宮寺醍子でした。

DJがこちらを向くと、それは、神宮寺醍子。

大國教授　神宮寺君。そんな仕事して、君、恥ずかしくないのか。
神宮寺醍子　え？　何が。
大國教授　何がって君言ってたろう。マホメットも好きだが、天皇陛下もお慕い申し上げ……。
神宮寺醍子　アメリカも好きだったんです。
大國教授　そんなに急に人間って変われるものなのか。
神宮寺醍子　あたしの場合、変われましたね。
大國教授　神宮寺君、まだ研究はつづくぞ。
神宮寺醍子　何の話をしてるんですか？
大國教授　マホ女だよ。
神宮寺醍子　マホメット!?　そんなもの今更研究してどうすんの。
大國教授　この土地にいた預言者だよ。
神宮寺醍子　先生、参ったな。時代は戦後ですよ。天皇だって人間になっちゃったんですよ。

ジープから「ヘエイ！　ベエベエ、カマンベール！」

DJ　じゃあ先生。（振り向いて）オーケーベエベエ！　カマンベール。
大國教授　（去りゆくジープに）カマンベールはチーズだろう!!
占領軍　カマンベール!!
大國教授　カマンベールはチーズだろう……、神宮寺君。

遠ざかっていくジープを見送る大國教授。母ノンキダネが、何時しかその傍に立っている。

ノンキダネ　ほんと、僅かな間に誰も彼もが変わってしまったわ。

富士が帰ってくる。

富士　ただいま。
ノンキダネ　何か変わったことあった？
富士　別に。

富士、電話の前に坐り電話交換手の仕事を始める。

富士　あ、もしもし、あら、ひさしぶりー。うん、うん。帰ってきなさいよ、神さまなんだから。

ノンキダネ　……この娘だけだわ。何も変わらないのは。
富士　え？　照れてるの？　神さまなんて呼ばれて。
ノンキダネ　（諦め口調で）今日は、どんな死人と喋ってるんだい。
富士　小泉さんよ。
ノンキダネ　だめよ殺しちゃ。
富士　八雲よ。小泉八雲。怪談の神様。はい只今、お繋ぎします。芳一に……あ、芳一。聞こえている？　聞こえてる!?　あ、ごめん。芳一、耳無しだっけ。だれかと代わってくんないかな。あ、雪女？　うん、え？　え？　え？　聞こえないよ、あ、溶けちゃったの？　え？　誰？　今度は、そんなせっついて。え？　直に行くわよ、そっちに。そんなに首長くして待ってなくても、轆轤首《ろくろ》……。
ノンキダネ　ふー、あたしだけが、この娘と戦後を生きて行くんだね。あたしも、あのジープに乗りたいよ。
大國教授　あの、息子さんにお線香をあげさせてもらってもよろしいですか？
ノンキダネ　あ、ごめんなさい、どうぞこちらです。
大國教授　どうも。
ノンキダネ　軍人として死んだのがいまだに信じられません、臆病な子でしたから。
大國教授　でも学者としては前途有望でした。この研究をここまで作りあげることができたのは、半分は息子さんの力です。
ノンキダネ　半分？

大國教授　いや、半分以上息子さんの業績です。
ノンキダネ　マホメットが死んだ時期に出雲神話が生まれたという所に目を付けたのは元々、うちの息子だそうですね。
大國教授　七割方、彼の業績です。
ノンキダネ　出雲イズラモって思いついたのも息子だそうですね。
大國教授　すべて息子さんの業績です。
富士　その通りです。
大國教授　え？
富士　これが弟が研究をしていたものです。
大國教授　これ電話帳じゃないですか。
富士　読めるでしょう。細かい字でびっしり。ほら、これもそうなのよ。（また別の電話帳を持ってくる）
大國教授　（どうしていいのやら困って）あ、じゃあ私、長居してもなんですので。
ノンキダネ　そうですね。では、先生も頑張って息子の業績で食べていって下さい。
大國教授　ああ、どうも。

大國教授、立ち去ろうとすると富士の様子がおかしくなっている。

富士　初めに神は『アメ』と『ツチ』をお創りになりました。

大國教授　え？
娘は、電話交換手の電話帳を使い始めている。
電話帳の『あ』の巻と『め』の巻で、『あ』『め』＝天を創るといった具合に。（但し、一度使った文字は二度と使わない。いわゆる「いろは歌」＝「あめつち歌」である）
富士　初めに神はまず『ア』『メ』（天）『ツ』『チ』（地）をお創りになった。それから、『ホ』『シ』（星）『ソ』『ラ』（空）『ヤ』『マ』（山）『カ』『ワ』（川）をお創りになった。
ノンキダネ　電話帳で世界でも創ってるつもりなんでしょうね。
大國教授　ちがいます。
ノンキダネ　え？
大國教授　神話だ。出雲イズラモの……。
ノンキダネ　どういうことかしら？
大國教授　息子さんが私に語っていた神話です。出雲イズラモの神話です。今娘さんが語っているのは。
ノンキダネ　だったら、なに電話帳じゃなくて、あれ神話帳？
大國教授　静かに……（富士に）あなたが、今まで電話で取り次いでいたのは、この土地にいた神さまなんだね。
富士　（首を縦に振る）それから、神は『ク』『モ』（雲）『キ』『リ』（霧）『ミ』『ネ』（峰）『タ』

『ニ』(谷)『ム』『ロ』(室)『コ』『ケ』(苔) をお創りになった。そして神は、この世に『ウ』『エ』(上) と『ス』『ヱ』(末) という方角をお創りになった。

大國教授　凄いぞ、凄い瞬間に我々は立ち会おうとしているのかもしれません。お母様、まだ誰にも言っちゃあいけませ……。

ノンキダネ　みんな凄いことになってるわよー。うちの娘が、見て頂戴!!

大國教授　(口を押えて) はっきり分かるまで他言は無用です。

ノンキダネ　あ、はい。

大國教授　もしもし。

富士　はいはい。

大國教授　神さまに聞いてくれますか？　それから、何をお創りになったか。

富士　(野太い声で) 言わずもがなよ。

大國教授　え？

富士　(野太い声で) 神さまがそう仰有ってます。

大國教授　失礼しました。

富士　そして神は『ウ』『エ』(上) と『ス』『ヱ』(末) という方角をお創りになった。

取り憑かれていた富士は、疲れたように暫く休む。

ノンキダネ　終わったみたいね。

大國教授　やはりここで終わりか。
ノンキダネ　ここでって。
大國教授　息子さんの神話解釈も、ここまででした。その息子さんが、亡くなられた今となっては、この先が分からないのです。彼の仮説が。残りのコトバで、何を創ろうとしていたのか。神が世界を創り終えた後の……。
富士　神は世界を創り飽きると。
大國教授　え？

見れば、富士、再び、取り憑かれたようにガバっと立ち上がり、また電話帳の残された巻の前に立ち、『ヘ』の巻と『ン』の巻を取り出す。

大國教授　神が世界を創り飽きると……。
富士　神は、突然『ヘ』『ン』なものをこの世に、お創りになった。

電話帳で創られた神話の世界に、『ヘ』『ン』の巻を加えながら、富士はそこに横たわる。

古代人が、浮かんでくる。

古代人はおそるおそる、そこに横たわる富士に近づく。

代わりに富士の傍から離れていく、大國教授とノンキダネ。

そこは、神話の世界に変わる。

マサカ
ロイヤ
コラバガ　マホメット??!!

マサカ　マホメットと言ったわね。

コラバガ　はい。

マサカ　これ、あれのことよね。

コラバガ　これ、あれでしょ。

ロイヤ　これ、海の向こうの預言者ですよ。

マサカ　どうして、その預言者が大和民族の神の物語の中へ流れ着いてきたの。

ロイヤ
コラバガ　変だ！　絶対に変だ！

マサカ　この土地に来た時から感じていた『ヘン』な臭いは、すべてこの異邦人が放つ香りだったのね。

ロイヤ　いつから、このマホメットはここにいるんだ？

被征服民　今から。

マサカ　その答えも変だわ。

コラバガ　どのくらい昔からマホメットはこの土地にいるのかと聞いているんだ！

被征服民　今から。

コラバガ　ちょっと絞めますか？　こいつら。
マサカ　黙って。
コラバガ　え？
マサカ　わかりかけてきたわ。トータル的に。ねえ……あたし達は、何時から、ここにいる？
被征服民　今から。
マサカ　あなたはいつからいる？
被征服民　今から。
マサカ　時間だわ。
ロイヤ　え？
マサカ　こいつ等には、時間が欠けているのよ。
ロイヤ　それでですか。
マサカ　そうよ。
コラバガ　あの……わたしはついていけません。
マサカ　いいの、あなたは獰猛に戦っていれば。
ロイヤ　彼等には、時間が無いから、年取った気がしないでいるんです。
マサカ　でも実際には、すごく年とってる訳よね。
ロイヤ　ええ、それで気味の悪い年の取り方をしてるんです。
マサカ　それでみんな水森亜土みたいなのね。
ロイヤ　時間がないから、死の意味さえ分からないでいるんです。

マサカ　待って……。
ロイヤ　はい？
マサカ　とすればよ、この預言者は、この時間のない土地に何を教えに流れ着いたのだと思う？
ロイヤ　時間？……ですか？
マサカ　でも、時間って何？
コラバガ　ま、そういう難しいことは後にして、取り敢えず、ガム噛んで気分転換しませんか。

三人、ガムを噛む

マサカ　そうかも知れない。
コラバガ　え？
マサカ　時間って、ガムの味が無くなること？

ガムを噛む古代征服民、何時しか時がたち、ガムを噛む音が時を刻む音に聞こえてくる。
古代被征服民が島根県人に変わっていく。
ヤマトがいる。そこは、戦後の闇市。
そして、古代征服民は、アメリカ占領軍となり、その様子を遠巻きに見ている。

ヤマト　こうやって、ガム噛んでる姿って、どう？　どことなくだらしなく、誰の言うことも聞きませーん。でもやる時はやるぜ、俺たちは。みたいな。この感じを何て呼ぶ。
日本人28　自由……みたいな？
ヤマト　その通り。自由の味がガムの味。なぜなら、これは占領軍から直に卸している、本場物のアメリカのガム。
ヤミイチ　本当だよ。この兄ちゃんは、マッサーカ軍曹と、ツーカーの仲だからね。
ヤマト　このガム嚙んで、アメリカ人になってみないか君たち。
ヤミイチ　え？
日本人27　そんな簡単になれるもんか。
ヤマト　本気だ。今ならアメリカ人になることが出来るんだ。
ヤミイチ　（ヤマトだけに）ガムのおまけがアメリカ人のわけねえだろう。
ヤマト　（ヤミイチに）いいか、今日はこの闇市にガム売りに来たんじゃない。買いに来たんだ。
ヤミイチ　ガムを？
ヤマト　島根をだ。
ヤミイチ　え？　なんて？
ヤマト　何でも売っているのが闇市だろう。
ヤミイチ　（仰天して）ヤマト、いくら闇市でも島根を買うのは無理だよ。
ヤマト　なにも横浜や神戸を買おうって言ってんじゃないんだ。島根なら、え？　とは驚くけど、いくらで？　って聞き返す。

ヤマト、突然振り向いて島根の人間に聞く。

ヤマト　この島根を買いたい。
日本人26　え⁈!
日本人28　いくらで？
ヤマト　（両手のひらをだして）これだけ出すと、アメリカは言っている。
日本人27　すげえ、そんなに？　この島根に？
日本人28　アメリカは本気じゃないだろう。
ヤマト　アメリカは本気だ。俺はアメリカの代理人。いいか、この商談が成立したら、この島根はアメリカの五十一番目の州になるんだぞ。
ヤミイチ　アメリカ合衆国島根州か。
日本人27　……どう。
日本人26　悪くないね。
ヤミイチ　じゃあ、アメリカの国歌も歌えるんだ。
日本人等　こっかいい〜。
ヤミイチ　そうか。もうこれからは、きーーーーみーーーーがーーーーでたたまご、なんて歌わなくていいんだ。
ヤマト　国旗も星条旗になるんだぞ。
日本人等　こっきいい〜。

ヤマト　しかも星条旗ならパンツにしても良いんだぞ。
日本人28　はきてえ。
ヤマト　道で焼いても良いんだぞ。
日本人27　焼きてえ。
ヤマト　何してもフリーダムだ。この島根がアメリカになったら。
日本人23　でもなんで、アメリカがこの島根を欲しがってるの急に。
ヤマト　さあ……。
日本人23　なにか理由があるでしょう。
日本人26　そうだな。
日本人23　あたしだって、ベッカムが急に私を欲しがったら、少しは理由というモノを考えるわよ。
日本人24　でもここで、魚とり続けるよりいいなあ。
ヤミイチ　そうだこれから50年たって見ろ、ああ、あの戦後のどさくさに売っときゃ良かったたって思うようになる。
ヤマト　さすが相棒いいこと言う。50年後のこの島根なんて、金をおまけに付けても買ってくれる奴がいなくなる。
ヤミイチ　今が売り時だ！
日本人等　売っちゃえ！　売っちゃえ！
日本人23　少し冷静になりなさい、みんな。

日本人28　冷静になるな。こういうモノは勢いだ。勢いで売っちまえ！
日本人等　売った！

ヤマト、人々に背を向ける。
去る人々、残るヤマト。
石油缶を持って現れる富士。
ヤマト、富士の後を追う。ヤミイチは陰に隠れて写真を撮ろうとしている。
富士、ヤマトにつけられているのに気がついて、石油缶を何処かへ投げ捨てる。

富士　なぜ、あたしのけつをつけ回すの。
ヤマト　たまたまだろう。
富士　（ヤミイチの方に振り向く）

見つけられて、写真機片手にすごすごと去るヤミイチ。それでも、しつこくヤマトは富士をつけ回す。

富士　あんまりしつこいとお母さんに言うわよ。
ヤマト　まあ、そう言わずに、気を楽にして。思い出してみようよ。
富士　何を？

ヤマト　石油がでたところ。
富士　なんのために？
ヤマト　え？
富士　石油を掘りだして、この島根をアメリカに売り飛ばすために？
ヤマト　まあ気を楽に。
富士　それとも、あなたのために？
ヤマト　こう見えても俺は日本のために特攻兵として死のうとした男だよ。
富士　（ひっぱたく）
ヤマト　耳を叩いた。耳を。
富士　本当に情けない男ね。
ヤマト　情けないかな。
富士　情けないわよ。軍隊は逃げようとする。島根は売り飛ばそうとする。
ヤマト　でも、二つっきりじゃないですか。
富士　え？
ヤマト　人間、二つくらい悪いことしてるでしょ。それなのに、俺の耳を、耳を、叩いたあ！
富士　ああ、情けない！
ヤマト　情けないというコトバは、肉親だけが使える言葉ですよ。どれだけ、情けない情けない、あー情けないって言われて育ったことか。でも肉親以外に情けないって言われるのは許せないな！

富士　あなた……ここへ、不時着した日、オイルを満タンにしてどこへ逃げるつもりだったの？
ヤマト　アメリカです。
富士　アメリカ!?　敵国に亡命するつもりだったの？
ヤマト　俺、アメリカが好きなんだ。
富士　BOOOOOOOOOOOOOOOO！
ヤマト　富士さんは、そんなにアメリカが嫌いなんですか。
富士　大嫌いよ。
ヤマト　どうして。
富士　原爆ふたつ落として、ひとつも謝っていないもの。
ヤマト　え？
富士　ううん、ひとつ謝ってもだめだな。ふたつ落としたんだから、ふたつ謝らなくちゃ。それが復讐法というものでしょ。
ヤマト　いつの時代の法律のことですか。
富士　復讐したいな。
ヤマト　え？
富士　復讐したいな、アメリカに。そう思わない？
ヤマト　さあ、俺は……。
富士　さあじゃないの。あなたのことなのよ。
ヤマト　そうですか？

富士　そんなに恨みは簡単に消えるモノなの？　一ヶ月しかたってないのよ、あれから。どうしてガムを嚙めるの？　コーラを呑めるの？　ハンバーガーを食べられるの？　この恨みにも時効があるの？　人はいつか忘れてしまうの？
ヤマト　あなたはまともな人だね。ここらの人は皆、富士さんを変だ変だって言うけれどまともだ。
富士　でもあたし「ヘン」なのよ。
ヤマト　え？
富士　こうやって見渡すとね、ひょんなはずみで古え《いにし》が見えたりするの。古えの人々がこの出雲でどんな風に暮らしていたかまで見えてくるの。
ヤマト　それはヘンだ。大層ヘンだ。
富士　信じてないのね。
ヤマト　信じてますよー。

古代人が入り込んでくる。

富士　見えないかな古代人。
ヤマト　見えますよー。
富士　見えるの!?
ヤマト　え!?

富士　見える!?　あなたも弟と一緒だわ。弟には見えていた古代人が。だからね。あたしにだって見えないわけないのよ。この辺にいるのよ。……『ヨナレヲセヌヒト』が。
ヤマト　誰のこと？
富士　神が世界を創り飽きると……神は、突然『ヘ』『ン』なものをこの世に、お創りになった。それが『ヨ』『ナ』『レ』『ヲ』『セ』『ヌ』『ヒ』『ト』だった。

古代人、電話帳の残りから（すなわち五十音の残りから）『ヨ』『ナ』『レ』『ヲ』『セ』『ヌ』『ヒ』『ト』を持ち出してきて、そこに並べる。

ヤマト　どこにいるんだ。そんな奴らが。
富士　『サ』『イ』『ハ』『テ』『ノ』『フ』『ユ』。

同じように、『サ』『イ』『ハ』『テ』『ノ』『フ』『ユ』が、そこに並べられる。

ヤマト　どうしたんです。

富士、取り憑かれたように、痙攣をおこしそこに横たわる。

ヤマト　（うろたえて）誰か、誰か!?

出てくるノンキダネと大國教授。

ノンキダネ　あ、富士、富士！（ヤマトに）あんた、何したんだい。

大國教授　放っておきなさい。

ノンキダネ　人の娘だと思って。

大國教授　さわらないで！　先へ、先へ『ヘン』の先へ行ってるのかもしれない。あなたの息子さんが行きたかった神話の先ですよ。

ガムを嚙む音が聞こえてくる。
神話の世界に変わっていく。
彼等の元に、矢文が飛んでくる。

マサカ　天より、催促の矢文ね。

ロイヤ　はい。

マサカ　読んで。

ロイヤ　（手紙を読む）『いましらを葦原の中つ国に遣はせるゆゑは、その国の荒振る神等を言趣《コトム》け和《ヤワ》せとぞ。何《ナニ》とかも八年《ヤトセ》に至るまでに復奏さざる』。

マサカ　要約すると。

ロイヤ　怒ってます、アマテラス大御神。

マサカ　そりゃそうね、ただこいつ等に、国を譲らせる、それだけの神話が、こうもすんなりいかなくなって……。

コラバガ　それもこれもこの余所者の、図々しい預言者が寝転がってるからです。このヤロー。

マサカ　でも起こしちゃダメ。

コラバガ　え？

マサカ　いやな予感がするもの。

富士　もう起きているわ。

マサカ
ロイヤ
コラバガ　え!?

がばっと、起きあがる富士、それは神話の中のマホ女。

ロイヤ
コラバガ　うわあ目を覚ました！

富士（マホ女）（古代被征服民に）だまされてはダメよ。あなたたち。

被征服民　え？

ノンキダネ　私の事？

富士（マホ女）　国譲りなんていう甘い言葉に。
マサカ　あたし達が、騙してる？　そう言った。
コラバガ　はい。
マサカ　まあ！　大和民族の神話にマホメット顔して現れておきながら、良くぬけぬけと言うわね。誰の目にも神話をつくりかえてるのは、あなたよ。
ロイヤ
コラバガ｝こんな神話!!　こんな神話!!

電話帳を倒す

富士（マホ女）　あなた達の良いように創ってるから、創り返してあげてるの。
ヤマト　誰、〝あなたたち〟って？
ロイヤ　国譲りのどこがおかしい。参考のためお聞かせ下さい。
富士（マホ女）　国をよこせって言われて、はい、はい分かりましたって二つ返事する国がどこにあるのよ。
被征服民ら　ふーん。
富士（マホ女）　あなたたちのことなのよ。
被征服民ら　ふーん。
ヤマト　だから、誰、〝あなたたち〟って!!

富士（マホ女）　いい？（被征服民に）あなた達は『ヨナレヲセヌヒト』。
被征服民ら　ふーん。
富士（マホ女）　そして、あなたたちは『サイハテノフユ』に住む。
コラバガ　預言者というのは、どうしていつもこう分かりにくい預言をするんだろう？
マサカ　あんた、黙って。
大國教授　そうか、富士さん、ヨナレヲセヌヒトとは今、あなたに見えている古代の人々なんだね。
富士（マホ女）（黙ってうなずく、そして被征服民に）わかる？　この神話は、あなたたちを『サイハテノフユ』に閉じこめて『ヨナレヲセヌヒト』のままにしておこうとしているの。だめよ、その先にあるものを掘り出すの。
大國教授　その先にあるモノとは……。
富士（マホ女）　神が創り終えし後の世界に残った、僅かな三文字、それは『オ』『ヰ』『ル』。

五十巻の電話帳の残された文字がそこに並べられる。それは、『オ』『ヰ』『ル』の三文字。

富士（マホ女）　あなたたちは、幼子ではない。時間を覚えるのよ。
コラバガ　やっぱり時間を教えようとしている。
富士（マホ女）　そして、『老いる』ことを覚えなければダメ。
ロイヤ　とんでもない邪教です。

マサカ　『若さ』を教えるならまだしも、あのマホ女は『老いる』ことを教えようとしている。
ロイヤ　デカダンスです。あの女の言うことはデカダンスだ！
コラバガ　（踊っている）天のうずめのみことが、あの天の岩戸の前でやったあのダンスですね。
マサカ　あなたは黙ってて！
コラバガ　はい。
マサカ　『オイル』……そんなコトバを、この神話の中に掘り出して、何をするつもりなの？
ロイヤ　あの預言者を、この神話から追放しなくてはいけません。必ずや。

古代人の姿が朧になり、１９４５年の方が浮かび上がってくる。

大國教授　オイルだ……オイルが見つかった。神話の中に。
ノンキダネ　石油があるの？　この土地に。大変だよ、みんな石油が……。（口を押えられて）
大國教授　まだイズラモの神話の中にそんなコトバが見つかっただけです。
ノンキダネ　え？
大國教授　実際に、ここに石油が出ないことには机上のクローンにすぎないでしょ？
ノンキダネ　机上のクローン？
大國教授　クローン人間だって、実際に創られない限り、机の上での空論です。
オイルが実際にここから吹き出さない限り、出雲イズラモ神話も机上のクローンにすぎないんじゃありませんか、大國教授。

ノンキダネ　そうかつて息子に言われたのね。
大國教授　そうなんです。

富士が大きな身振りをする。

ヤマト　何をしろって言ってるんだろう。
大國教授　俺じゃないな。君だ。
ヤマト　俺に？　何？　え？　その書物の上に手をおけと言っているの？
大國教授　言われたとおり、やれ。

ヤマト、オイルの『オ』の電話帳の上に手を置く。

ヤマト　何となく重たく感じる。
大國教授　我慢しろ、古代人の重みだ。
ヤマト　うわっ！

ヤマトが手をのせた書物（電話帳）が、ひとりでに動き出す。

ノンキダネ　あんた、わざと、やってるでしょう。言いなさいよ。

ヤマト　何もしてないよ。
大國教授　ひとりでに動いてるのか？
書物が、ある場所で止まる。
人々　オ！
恐る恐るヤマトが、『ヰ』の書物の上に手をのせる。
書物が動く。先ほどと同じ場所で止まる。
人々　ヰ！
同じようにして『ル』の書物も同じ場所で止まる。
人々　ル！
地響きが聞こえてくる。
巨大な竜の頭が見えてくる。
それは、オイル。

そして、竜が天に昇りオイルが噴き上がる。

ヤマト　俺は信じないぞ。こんな奇跡……神様なんているはずがないんだ。
人々　オイルがでたぞ!!!
ヤマト　……オイルだ。

噴き上がるオイルを見上げる古代人。
ヤマト、大國教授、ノンキダネ、
そして、遠巻きに一部始終を見ていたアメリカ占領軍も見上げる。

一頻り、オイルの噴き上がるのを見ていた人々は、その歓喜の余り誰彼となく抱き合い、祝福の場面と変わる。
そして、オイルを掘り出す油田の風景に変わる。

もの凄い勢いで走り込んでくる神宮寺醍子。

神宮寺醍子　おめでとうございます。先生。
大國教授　あ、神宮寺君。
神宮寺醍子　オイルが出たそうですね。

大國教授　ああ。
神宮寺醍子　今は私、米軍広報担当をしているんです。
大國教授　米軍広報担当？　って……。
神宮寺醍子　帰化したんです。
大國教授　そんなに素早く。
神宮寺醍子　目をつぶってえいって帰化申請をしたら、通っちゃったんです。
大國教授　そんなことってあるんだ。
神宮寺醍子　名前もダイナマイト・ジーパンに変わりました。でもイニシャルは、相変わらずDJです。
大國教授　ダイナマイト・ジーパン……。
神宮寺醍子　これから生放送なんで。いそいでるから、ジーパン。じゃあまたバーイ。

そう言って、スタジオに飛び込む神宮寺。そこには既に、マッサーカ軍曹、ロイヤー伍長がいる。その瞬間、逆側から、コーラバーガ二等兵が飛び込んで入ってくる。

コーラバーガ　買ってきました！
マッサーカ　出てる!?　出てる!?
コーラバーガ　出てます、一面です。
神宮寺醍子　時間がない。生放送。ぶっつけで読むわ。……はーい。グッドモーニング島根ー。

お相手はもちろん、ダイナマイト・ジーパン。そして今日の話題は、とってもとってもホッテスト、世界中が、この島根に注もーーく。

油田で働いている島根人、その言葉に、ふっと皆顔を上げて聞く。

神宮寺醍子　今、私の手元に届いたばかりの、じゃじゃじゃじゃあーん、ニューヨークタイムズ。その一面に、な、な、なんとー〝島根ー、第2のアラスカ!?〟って、これ、聞いてるの？　アラス……カ？　ってそれとも断定してるの？　アラスカ！　って。
ロイヤー　（小声で首を振る）そんなところで悩まなくていいから。
神宮寺醍子　そしてこの一面を飾る大ニュース、その写真はじゃじゃじゃじゃあーん。
マッサーカ　あたし達の写真よ!!
神宮寺醍子　マッカーサー元帥がでかでかと。
マッサーカ　（小声で）マッサーカでしょ？
神宮寺醍子　（クチパクで）マッカーサー。
コーラバーガ　記事読め。
神宮寺醍子　パイプとサングラスでお馴染みのマッカーサー元帥が、占領下にあるちっぽけな日本で最もちっぽけと言われている島根ーにおいて莫大な自由を掘り当てた模様。
日本人45　（スピーカーから流れる声に）また島根って言ったよ。
日本人44　有名になったもんだ。

神宮寺醍子　トルーマン大統領は『もしも、この自由発掘が本当であれば、自由の根付くことのないアジアのそのまた小国のそのまた小さな島根ー、に目をつけたその先見の明を称えマッカーサー元帥を大元帥に昇格させるに吝《やぶさ》かではない』……凄いですね、ニューヨークタイムズに何度も、島根ー、島根ーって。
ノンキダネ　凄いな、島根の名前がアメリカで連呼されてるんだ。
マッサーカ　私は？　マッサーカの名前は？　日系人の名前は。
神宮寺醍子　以上、ニューヨークタイムズからのもっともホッテストな……。

マッサーカ軍曹、ぶつっとラジオのスイッチを消す。
クチパクになる神宮寺醍子。
気まずい間。

ロイヤー　軍曹、もう少し聞きましょう。
マッサーカ　いいわ、もう。
ロイヤー　新聞の隅の方に、軍曹の名前が出ていて、今頃マッサーカ軍曹の名前が呼ばれているかも……。

ラジオのスイッチを入れるマッサーカ軍曹。

神宮寺醍子　あ、新聞の隅にも写真が。ななんと、マッカーサー元帥が東京の六本木をブイブイ言わせて……。

マッサーカ軍曹、ぶつっとラジオをきる。

再び気まずい沈黙。

ロイヤー　そろそろ、われわれの話題が……。

マッサーカ　(恐る恐るラジオをつける)

神宮寺醍子　シャンパンを掛け合ったマッカーサー元帥は、西麻布をブイブイ言わせて……。

マッサーカ　(切る!)……何時の世も、天から聞こえてくる声はいい気なものだわ。

神宮寺醍子　そして、アメリカでは買い取った島根を今月中にも、アメリカの五十一番目の州として認める法案が国会を通過する見通し……っつうかあ、まあああもなあく、島根のじゆ!　う!　は、間違いなくアメリカの手に落ちるでしょう。

そのスピーカーから流れる放送を聞いていた島根県人たち。

大國教授　今、変なことを言わなかったか?

ノンキダネ　言った。

元村長　島根の自由がアメリカの手に落ちる。

日本人45　自由って何のことだ？
ノンキダネ　誰かが、島根を、この油田ごとアメリカに売り飛ばしたのよ。
元村長　誰が……。

切り忘れたマイクから「おつかれさまあ」といった声だけが薄く流れている。
突然、スタジオに誰かが乱入してきた音。
それは、ヤマトとヤミイチ。

ヤミイチの声　うわあ、すごいなここ。いろんな機械があって。
ヤマトの声　あ、マッサーカ軍曹。おめでとうございます。
マッサーカの声　うるさいわね。
ヤミイチの声　うるさいだってえ、マッサーカちゃん。
マッサーカの声　あんたたち、酔ってんの。
ヤミイチの声　酔いもするでしょ。祝杯あげるでしょ。
神宮寺醍子の声　あ、だめよ、そこいじっちゃ。
ヤマトの声　ニッポンバンザーイ、俺たちはアメリカ人になれたんだ。
ヤミイチの声　これでここらの石油はぜーんぶ、アメリカのものでしょ。われわれが協力したことを忘れないでちょうだいよーっと。さあ、呑みに行こう、呑みに。

その声を聞いて、憤然として駆け出そうとする島根の人々。と！
人がいなくなったと思われたスタジオから、マイクを通していかがわしい音が聞こえてくる。
どうやら、ヤマトと神宮寺醍子がそこに残っている風である。
駆け出そうとしていた人々、足を止めてその音に聞き入る。

ヤマトの声　ねえ、君まだ仕事あんの？
神宮寺醍子の声　もう終わるわ……あ。

男女の音。

ヤマトの声　ねえ、何処かであったこと無い？
神宮寺醍子の声　あたしも、そんな気がする……って、アメリカじーん。
ヤマトの声　何が。
神宮寺醍子の声　その口説き方。
ヤマトの声　アメリカのこと好き？
神宮寺醍子の声　好きよ。

扉の音がして、ヤミイチが戻ってきた音。

その途端、観客の目にもそのスタジオの中のヤマトと神宮寺醍子の姿が見えてくる。

ヤミイチ　おい、外でみんな待ってる……。

ヤマト　結婚しない？

神宮寺醍子　いいわよ。

ヤミイチ　え!?　結婚って、お前たち今逢ったばかりだろう。

神宮寺醍子　アメリカ人はフランクなのよ。

ヤミイチ　フランクっていうより、お前等それ馬鹿だろう。馬鹿の俺の目にも馬鹿だろう。

マッサーカらと、島根県人、大國教授、ノンキダネらが罵りあいながら入ってくる。

マッサーカ　（ヤマトに）島根県人は、一度は島根を売ると言ったのよね！

元村長　言ってない！

日本人44　（ヤマト等をさして）こいつらが勝手に話をすすめたんだ！

ヤマト　まあまあ皆さんお座りになって。わかります。皆さんのその混乱ぶり、戦後ですもの。まだ一ヶ月もたっていないんですものねえ。混乱もしますよね。

ヤミイチ　はい、こっち向いて。はい、カオス！　はい、カオス！　っと。（写真を撮る）

ノンキダネ　何故、こんな時に写真をとっているのよ。

ヤミイチ　いや、『戦後のカオス』を写真におさめておいて、そのうち高島屋かどこかで回顧展でもやろうかと。
ノンキダネ 島根は今、真剣なのよ。
元村長 我々から只同然で買い取った砂地を返せ。
ノンキダネ 何とか言いなさい。うちの娘が掘りだした石油を横取りするつもりなの。
マッサーカ ……。
神宮寺醍子 今、私が通訳します。
元村長 あいつら、日本語わかってるだろう。
神宮寺醍子 意味だけじゃわからないのが、日本語でしょ。本当は何を言いたいのか。『はい、いいえ』みたいなこと平気で言うでしょう、あんたたち日本人は。
大國教授 あんたたち日本人……。
神宮寺醍子 今後は私がすべて通訳します。マッサーカ軍曹は直接喋りません。
ノンキダネ あいつらは、絶対に知っていたのよ。ここから石油が出ることを。
大國教授 それでこの島根を買いにきたんだ。
元村長 この島根を最初から第2のアラスカにするつもりだったんだと、私はかように考えておる次第であります。
日本人45 (手をあげて) 第2のアラスカ? って。
元村長 (手元から、紙を出して) えー、1867年、アメリカは、アラスカを720万ドルという破格の安値で買収しております。それから後に石油と黄金が発掘されぼろ儲けをした、そう記憶しております。

ヤマト　欲に目がくらんでるのはあなた方でしょう。
元村長　なに？
神宮寺醍子　がんばって、ダーリン。
ヤミイチ　ああ、スウィーティ。
ヤマト　これは何。

ヤマト、テープレコーダを持ち出す。
みんなで聞く。ジャズが流れる。

日本人44　これは……ジャズだね。
ヤマト　あ、これじゃないや。こういうことって、良くあるよね……緊張した瞬間に、あ、違ったみたいな……。

と、テレコからつい先だっての闇市での様子が流れる。それは……。

ヤマトの声　さすが相棒いいこと言う。50年後のこの島根なんて、金をおまけに付けても買ってくれる奴がいなくなる。
ヤミイチの声　今が売り時だ！
日本人の声　売っちゃえ！　売っちゃえ！

日本人23の声　少し冷静になりなさい、みんな。
日本人28の声　冷静になるな。こういうモノは勢いだ。勢いで売っちまえ！
日本人の声　売った！

……という録音された声である。

ヤマト　何だったんでしょう。あの闇市に響き渡った、島根を『売った！』という大合唱は。
元村長　そんな戦後のどさくさの話を、今更持ち出されても。
ヤマト　一昨日のことですよ。
元村長　われわれは本当に島根を愛しているんだ。
日本人44
日本人45　愛する島根は、島根の自由は売り渡せない。
コーラバーガ　どうします。
マッサーカ　東京のマッカーサー元帥は、この島根をもう買い取ったつもりでいるわ。
ロイヤー　後へは引けません。
ヤミイチ　マッカーサーちゃんも、早とちりだねえ。
ロイヤー　お前等もこのままじゃ、法律的に島根県人のままだぞ。
ヤミイチ　それは困る。
マッサーカ　（ロイヤーに）ロイヤーなら島根を説得できるわね。

ロイヤー　でも田舎者は法律より頑固にできてますから。
神宮寺醍子　（やおら立ち上がり、島根県人に）わかってんの!?　この黄色い猿ども！
日本人等　え？
神宮寺醍子　こっちの話が吞めないっていうことは、戦争すんのかって話なのよ！……かように、マッサーカ軍曹は言っています。

その発言に慌てて、神宮寺醍子を別空間に連れて行き密談する日系人占領軍。

ロイヤー　（小声で）君勝手に通訳しちゃダメだよ。
マッサーカ　（小声で）気を確かに持ちなさい。
神宮寺醍子　（小声で）気を確かに持たなくてはいけないのは、アメリカです。
マッサーカ　（小声で）我々がここを占領しているのは、自由と平和のためなのよ。
神宮寺醍子　（小声で）通訳すれば、石油と戦争のためめってことでしょう。
マッサーカ　え？
神宮寺醍子　（小声で）とことん潰しましょう。我々の自由を脅かす奴等を。はびこってからではもう遅いんです。戦争しましょう。
マッサーカ　（小声で）でも、この前のはパールハーバーが発端だから。
神宮寺醍子　（小声で）じゃあ、戦争をさせればいいんですよ。
マッサーカ　（小声で）え？

神宮寺醍子　（小声で）島根に先制攻撃させるんですよ。
コーラバーガ　（小声で）それは、卑怯というモノだろう。
神宮寺醍子　（小声で）何言ってるんですか。アメリカは得意じゃないですか。先に戦争を仕掛けさせるのが。（なれなれしくマッサーカの肩をどついて）パールハーバーだって知ってたんでしょう。

同じく別空間で密談する島根県人、その傍にヤマトとヤミイチ。

日本人45　こうなったら戦争も辞さない、そう言おう。
元村長　いや、それは少し先走ってないか。
日本人44　そうだ。この前、とことん負けたばかりだろう。
日本人45　いや、この度は我々にはオイルがある。
ヤマト　あんたたち、占領されている分際で、とやかく言えないんじゃないかな。
大國教授　言えます。
ヤマト　え？
大國教授　オイルが発掘された以上、ここが曾て出雲イズラモと呼ばれていたことは間違いありません。
ヤミイチ　それで？
大國教授　つまり、我々は、元々大和民族ではない。すなわち、島根は、いや出雲イズラモは、元来、日本国家ではないのであります。
ノンキダネ　元村長、独立宣言を読んで下さい。
元村長　独立宣言。『独立する』。
ヤミイチ　どういう意味だ。その独立するとは。
大國教授　出雲イズラモは、日本から独立します。
元村長　われわれはもはや、アメリカの占領下にはない。
ヤマト　待て。独立するって、あんたたちはいいよ。出雲イズラモの国になって。俺たちはどうなるの。
ノンキダネ　知らないわよ。
ヤマト　アメリカ人にもして貰えない。どこへ行けば良いんだ。
元村長　でていけ、ここから。アメリカに売ろうとした売国奴めが。
ヤミイチ　待てよ、星条旗のパンツ悪くないねって言ったよね。
元村長　言うものか。
ノンキダネ　（いつの間にか顔をベールで隠している）古代イズラモの生活は厳格でした。星条旗のパンツなどはくわけないでしょう？
大國教授　我々は、古代、厳しい戒律の中で暮らしてきたのです。
ヤマト　どんな風にだ。言ってみろよ。見てきたようにさ。
大國教授　今こそ、息子さんの説を人々に向けて、声高らかに。そんなチャンスがやって来ましたよ。

ノンキダネ　はい。古代出雲イズラモ人は、戦前の、つまりつい一ヶ月も前の日本人と瓜二つの暮らしをしていたのです。
ヤマト　たとえば？
ノンキダネ　目上の者を敬う。ガムを噛まない。……。
ヤマト　……。
ノンキダネ　……。
ヤミイチ　それだけ？
ノンキダネ　それだけよ。戦前の日本も要約すればそれだけだったのよ。目上の者を敬ってガムを嚙まない国だったの。つい一ヶ月前まで私達の暮らしは、イズラモの暮らしと瓜二つだったのよ。
ヤマト　本当にあんたたち、アメリカを相手に戦争を仕掛けるつもりなのか。
ノンキダネ　出雲イズラモが立ち上がれば、十億人のイズラム人がやって来るのよ、ね。大國教授。
大國教授　そして、われわれには、神の手を持つ娘がいる。あの子の手が、石油を掘り当て続ける限り、出雲イズラモは、神の庇護にある国なのだ。

　みんなの目線がその神の手に向けられる。
　富士が、その手を高く掲げている。
　固唾を呑んで見守る人々。

富士、いつものように、儀式があり、やがて一定の場所を指さす。

元村長　掘れ、あの場所を。

大國教授　（見物しながら）近頃オイルが、ちょぼちょぼっとしか出てない。

ノンキダネ　ここらでどかんとオイルが出てほしいものね……。

日本人45　出たぞ、オイルだ。またオイルが出たぞ。

日本人44　実は俺、少し疑っていたんだが間違いない。この目で見た。神の手が石油を掘り当てる瞬間を。

元村長　我々には、神の手を持つ娘が、そして神のご加護がある。

再び、富士、その神の手を高く掲げる。その儀式ばった所作、オイルを掘り出すその姿の一部始終を写真におさめるヤミイチ。連写する。

最後の瞬間、富士はストップモーション。人々、去る。

ヤマトとヤミイチのみ。

ヤマト　撮れたか。

ヤミイチ　言われた通り撮ったぞ。

ヤマト　早く、早く見せろ。

ヤミイチ　どうだ。

ヤマト　なんだこれ。
ヤミイチ　『戦後の女たち』だよ。
ヤマト　全部全裸だ。
ヤミイチ　ああ。
ヤマト　これじゃ、戦後かどうか分からないじゃないか。
ヤミイチ　そこが、アバンギャルドだ。
ヤマト　今、お前の趣味につき合ってられない。頼んだ奴を見せろ。石油を掘り出す時の富士さんを撮った写真を。（富士を撮った写真を奪う）
ヤミイチ　ごめん、それは全裸じゃない。
ヤマト　なんだこれ。
ヤミイチ　でも……驚いたろう。全裸より凄い写真だ。
ヤマト　どういうことだ。
ヤミイチ　何も写ってない。
ヤマト　お前、馬鹿か。
ヤミイチ　違う。確かに富士さんを撮ったんだ。でも写ってない。
ヤマト　何が言いたいんだ。
ヤミイチ　昔から、この出雲という土地には霊魂がさまよう。富士さんは、ゴーストだ。絶対に。
ヤマト　お前が言ってるから、絶対に違うと思う。
ヤミイチ　見ろ、これもこれもこれも、すべて真っ暗だ。

ヤマト　変な落ちにするなよ。
ヤミイチ　どういうこと。
ヤマト　お前、俺を撮ってみろ。
ヤミイチ　え？
ヤマト　俺の写真を今ここで。
ヤミイチ　いいよ、パチッと。
ヤマト　カメラの蓋がついたままだよ。
ヤミイチ　……。昔は、カメラってこういうことが必ず起こっていたよねえ。……って違う。今は蓋していたかも知れないけど、信じてくれヤマト。
ヤマト　分かった。
ヤミイチ　信じてないだろう。
ヤマト　ああ。でもヤミイチ、もう一度、お前気づかれないように、富士さんが石油を見つけだす瞬間を撮ってこい。今度は蓋しないでな。しかも8ミリでな。
ヤミイチ　やっぱり信じてくれるのか。富士さんが、幽霊だって。
ヤマト　俺は人間の魂なんて信じてないんだ。ただ。
ヤミイチ　なんだよ。
ヤマト　おかしいと思わないか。
ヤミイチ　何が？
ヤマト　あの油田が掘り出され始めたのは、俺たちの飛行機がここへ不時着してからだ。

ヤミイチ、去る。

ヤマト、ストップモーションした富士の手を掴む。同時に、富士、動き出す。

ヤマトと富士。睨み合っている。

ヤマト、その手を離す。

ヤマト　俺はね霊魂の存在なんて信じてないんですよ。

富士　え？

ヤマト　もちろん、神の手も。

富士　どういうことかしら。

ヤマト　この世を霊がふらつくなんてこともなければ、神の手を持つ娘なんているはずもない。だって、神様がいないんだから。

富士　それで？

ヤマト　だってもしも神様がいるのなら、何故天国をこの世に作らないで、あの世に作るんだ？

富士　それが分かれば信じるの？

ヤマト　何故原爆はこの日本に落ちたんだ？

富士　神様が落としたわけではないわ。

ヤマト　でも止められただろう。ここに神様がいるのなら。

富士　人間が愚かなのよ。

ヤマト　止めることの出来なかった天皇が、神様ではなかったってバレたように、どこにも神様なんかいないのさ。
富士　人には分からないことがあるのよ。
ヤマト　どこの神様に聞いてもそう答える。何か我々の想像も及ばない大きな不幸が起こる。どうして？　神に尋ねる。神の代理人が答える。あなたみたいなね。『人には神が分からない』……そうかな。
富士　私は自分の手を神の手だなんて呼んでないわ。私はただ、他の誰よりもこの土地を一生懸命見続けているだけよ。この土地が好きだから。
ヤマト　僕はね、神を疑っているように、この神の手を持つあなたを疑っているんですよ。
富士　あなたは、神様よりアメリカが大好きな、ただそれだけの男なのよ。
ヤマト　情けない？
富士　そう、情けない。
ヤマト　ありがとう。でも知ってるかい。その神の手が見つけだしたモノのおかげで、終わったばかりの戦争がまた始まりそうだ。
富士　そうよ。戦うのよ。
ヤマト　その神の手のために。
富士　違うわ。あいつ等が間違っているからよ。ここが五十一番目の星条旗の星になってはいけないの。戦うのよ、戦うのよ！

ヤマト、去る。

入れ替わって、神話の世界。

「ヨナレヲセヌヒト」たちが、富士（マホ女）のまわりに集まってくる。富士（マホ女）、そのうちの一人を、いきなり激しく叩く。

ヨナレヲセヌヒト8　イタイ！
富士（マホ女）　いたいでしょ、いたいでしょ。痛かったわね。覚えておくの、痛い目にあったわね。さあ、一秒、二秒、三秒、四秒、五秒……痛い目にあったのはいつ？
ヨナレヲセヌヒト8　（にこにこして）今から。
富士（マホ女）　今からじゃないでしょ。五秒前、わかる？
ヨナレヲセヌヒト8　今、痛くないよ。
富士（マホ女）　五秒という時間がたったの。昔なの。昔痛い目にあって、今ここにいるの。そして、この先どうなるの。どうすればいいの？
ヨナレヲセヌヒト8　どうするって？
富士（マホ女）　たたかうのよ。
ヨナレヲセヌヒト8　わかんないあい。マホ女の言ってること。
富士（マホ女）　あなた達は、幼子じゃないの。毎日、老いてるの。生まれて育って老いて死んでいくの。あ、聞かないで。何歳までを『育つ』と言って、何歳から『老いる』と言うのか、それは知らない。

ヨナレヲセヌヒト7　マホ女、怒ってる。

富士（マホ女）　今は、どうみても怒ってないでしょう。怒ってたのは、五秒くらい前でしょう。怒ってたのは、いつ？　いつ怒った？

ヨナレヲセヌヒト7　今から。

ナマコ　あ……昔だ。

富士（マホ女）　今誰が喋ったの？

ヨナレヲセヌヒト6　ナマコだ。

ヨナレヲセヌヒト7　ナマコが喋ったぞ。

ヨナレヲセヌヒト6　パーティしようぜ。デカダンスして。

ナマコと楽しそうに原始的なダンスを始めようとする。

富士（マホ女）　（ナマコを引っ張ってきて）ダンスはいいから。……ナマコ、今『昔』って言ったわね。

ナマコ　ああ。今は『昔』って言った。そして、昔は『今』って言ってた。

富士（マホ女）　昔、『今』って言ってた日のことを覚えている？

ナマコ　昔、昔、昔、昔、昔。

富士（マホ女）　それ、随分昔っていう感じね。

ナマコ　随分昔。

富士（マホ女）　随分昔になにがおこったか覚えてる？
ナマコ　覚えてる。
富士（マホ女）　あなたは希望の星だわ。まずあなたが年を取りなさい。年をとるの。老いるの。
ナマコ　老いる？
富士（マホ女）　老いて、死ぬの。
ナマコ　それだけ？
富士（マホ女）　（オイル缶を出して）死んでも老いるの。地面の下の下の下の方でもって老いるの。腐って溶けて、それでも忘れぬかぐろき燃える水になるの。
ナマコ　燃える水？

物音がする。

富士（マホ女）　し！
ヨナレヲセヌヒト8　誰か外にいるよ。

マホ女、逃げる。
走り込んでくるマサカ、ロイヤ、コラバガ。

コラバガ　マホ女がいただろう。

ヨナレヲセヌヒト8　マホ女ならいるよ。
コラバガ　どこに、どこに隠れている。
ヨナレヲセヌヒト8　だって、今いるから。
ロイヤ　今いるから？
マサカ　きっと、今いたって感じじゃないの？
ロイヤ　匿ったら違法だぞ。マホ女は追放されている。
ヨナレヲセヌヒト7　スサノオみたいに？
ロイヤ　スサノオは、出雲の神話の中に追放された。だが、マホ女は違う、この大和の神話の外へ追放されるんだ。
ヨナレヲセヌヒト6　何言ってるの？
コラバガ　自分にもよく……。
マサカ　あなたは黙って……あなたたち、何かマホ女から教わっていなかったか？　今。
ヨナレヲセヌヒト8　今から、教わったよ。
マサカ　何を。
ヨナレヲセヌヒト8　何だっけ。
コラバガ　馬鹿ですよ、こいつ等。思い切り馬鹿。
ナマコ　（思わず）馬鹿じゃない！
マサカ　え!?……誰だった？　誰が喋ったの？
ヨナレヲセヌヒト等　（口々に）僕が喋った。

マサカ　そう……ナマコが喋ったの。
ナマコ　今日は、昔を教わった、昔を知って、昔を思い出した。
マサカ　どんな昔を。
ナマコ　随分昔、たった一日で、お前等の手で15万３３３７体の死体が川の傍に積み上げられた。その日、この土地からは時間が奪われた。俺からはコトバが奪われた。昔、命と時間とコトバが奪われた。
マサカ　見てごらん、このナマコの瞳。
ロイヤ　とうとう分かりました。マサカの神。
マサカ　そうね。
ロイヤ　マホ女は時を教え、こいつらに復讐心を植え付けようとしているんです。
コラバガ　また腹でも切るつもりか。
ナマコ　今日は、腹を切ってもただでは死なぬ。死んでも老いて、腐って溶けて、それでも忘れぬ、かぐろき燃える水になる。
コラバガ　うわあ、ナマコが燃える水に化けたぞ!!

炎立つ、マサカに向かって襲いかかるナマコ。
同時に、古代人すべて消える。

マッサーカ　うわあ！

悪夢から覚めたマッサーカ軍曹は、一人、真夜中の部屋、外に見える夜の海を眺める。ロイヤー出てくる。

マッサーカ　ロイヤー。
ロイヤー　はい。
マッサーカ　石油は化石が燃えているのよね。
ロイヤー　化石が燃える？
マッサーカ　遠い昔、ここで生きたモノたちが燃えているのね。

島根県人に得意げに話している富士。
ノンキダネ、大國教授は距離が離れた所で見守っている。

富士　こうして我等出雲イズラモの英雄ナマコは、自ら死んで燃える水に化けるや、火の神となり、天から降ってきた神々に大やけどを負わせ復讐を果たしました。
元村長　さすが出雲イズラモ神話は、ひと味違うな。
富士　いかにも。さすがです。そもそも、出雲イズラモが、本来のイズラモと袂を分かつのは。
元村長　なにかな？
富士　復讐心こそが、最大の美徳だと考えたことです。

元村長　復讐心が？
日本人45　人を敬う心よりも？
日本人44　人を愛する心よりも？
富士　復讐心だ。
日本人　ほお！
富士　もしも君の恋人が殺されたらどう？　実の母？
ノンキダネ　え？
富士　母さんはどう考える？
ノンキダネ　急にふられたよ。
富士　復讐心は愛を超える、その譬えを言いなさい。
ノンキダネ　えーと、あなたの目の前で恋人が、強姦された挙げ句、殺されて食べられたうえに、ゲロになって吐き出されたら、教授、あなたどう感じる？
大國教授　……どう考えればいいんだろう。
富士　実の母、譬えが悪すぎます。
ノンキダネ　悪すぎますね。
富士　自分の敬う人が殺される。その殺した奴に復讐するのは、敬いの心があるからだ。愛された人が殺される。それに復讐することは、愛する心があるからだ。復讐心にはすべてが含まれている。敬いも愛も親切も献身も自由でさえも、すべての美徳が復讐心に繋がる。復讐こそ神が作った最高の美徳だ。だから、復讐をしたいと思ったら、ためらいなく復讐しろ。愛する者がサリンで殺されたのなら、サリンで殺し返せ。さもなければ、その愛は報われない。さもなければ、さもなければ、さもなければ……。

その鬼気迫る姿の富士に、気圧される人々。

神の手がまた高く掲げられる。

大國教授　近頃、少し富士さんのコトバは激しすぎはしないかね。

ノンキダネ　私もそう思うんですよ。

大國教授　神話が、私の手から離れ、あの神の手でどんどん書き換えられていく気がする。マホ女は言った。

ノンキダネ　え？

大國教授　『——死体が老いてオイルになる。だからたくさんの死体を積み上げなければオイルは天まで噴き上がらない』

その声を聞きつけたように、キッとばかり、二人を見る富士、既に、何かに憑かれたようになっている。

その富士の手がまた、オイルを掘り当てる。

富士　（男の声で）オイルを……。このオイルをあの飛行機に給油しろ。

ノンキダネ　え？
富士　給油しろと言ってるんだ！
大國教授　どういうことだろう。
元村長　いいから、神の手が示す通り給油しよう。
大國教授　うわあ！　プロペラが回りだした。
富士　（何か言っているが、プロペラの音で聞こえない）
元村長　でも何のために。
富士　（プロペラの音が高まり聞こえない）
ノンキダネ　どこに向けて。
富士　（プロペラの音が高まり聞こえない）
大國教授　誰に乗れといってるんだ？

プロペラ、止まる。
富士、元に戻る。

富士　（けろっとして）何があったの？　私の手は何をしろと言ったの？
大國教授　多分、あれだな。
富士　多分？
ノンキダネ　そのオイルで飛行機を飛ばせと。

富士　このオイルで？
大國教授　飛行機を飛ばせと。
ノンキダネ　でも何のために？
大國教授　どこに向けて？

その密談の様子をマイクで、盗聴している神宮寺醍子、ロイヤー、コーラバーガ。
少し離れてマッサーカ。

神宮寺醍子　思う壺ね。
コーラバーガ　うん？
神宮寺醍子　出雲イズラモは、只の小さな日本だわ。
コーラバーガ　どういう意味。
神宮寺醍子　飛行機飛ばしてまたアメリカに奇襲しようって考えている。
コーラバーガ　ああ。
神宮寺醍子　ちいさなパールハーバーよ。
コーラバーガ　ああ、そうか。出雲イズラモが我々に、あの飛行機を飛ばしてきたら、すぐにやりましょう。
神宮寺醍子　マッサーカ軍曹。
ロイヤー　やりましょうって？

神宮寺醍子　原爆落としましょう。大統領に頼んで。
ロイヤー　そんな、戦争が始まったからって、すぐに原爆は落とせないだろ。
神宮寺醍子　え!?　だって戦争を早く終わらせるため。それが、広島と長崎に原爆を落とした理由なんでしょう。だったら、早く終わらせるにかぎります。これからは、どこでも戦争が始まったらすぐに原爆を落としましょうよ。
ロイヤー　気を確かに持ちなさい。
神宮寺醍子　気を確かに持たなくてはいけないのは、アメリカです。
ロイヤー　え？
神宮寺醍子　原爆を二つ落とせた国なんですよ。三つ落とせるでしょう。アメリカだけなんですよ。他人の国に原爆落とした国は。もっと自信を持って下さいよ。それとも、何ですか、島根じゃ不足なんですか。

沈黙。

マッサーカ　海から石油が燃え上がる時の風景を見たことがある？
ロイヤー　いえ、一度も。
マッサーカ　突然、海に火が立ち上がるのよ。水の中から火が燃え上がる。信じられない景色よ。
海が燃え盛る。
ロイヤー　でもこの分だと、この土地でその景色が見られそうです。

マッサーカ　噴きだしたオイルはおさまることを知らない。今まで海の下でじっと我慢していたオイルは、一旦噴き上がると紅蓮の炎で海を埋め尽くす。ロイヤー、あたし達はつい目の前で見てきたじゃない。我慢し続けてどこにも吹き出すことの出来ぬまま、老いさらばえた者たちの苦しみ。
ロイヤー　私達の父のことですか？
マッサーカ　笑うしかない。顔を顰《しか》めるしかない。或いは無表情でいるしかない。だから一度、その炎は立ち上がると凄いのよ。これは私の勘よ。ロイヤー。
ロイヤー　何がです？
マッサーカ　あの飛行機に注がれるオイルは……。
ロイヤー　はい。
マッサーカ　復讐心に注がれるオイルだわ。
ロイヤー　え？
マッサーカ　ここの自由はもう掘らない方が良いかも知れない。

ヤミイチ、ヤマト。

ヤミイチ　撮ったぞ！
ヤマト　え？
ヤミイチ　遂に撮ったぞ！　あの巫女を。

ヤマト　どうだ。
ヤミイチ　これでもしも、あの女が映ってなかったら、あの女は俺の推測通り幽霊だ。彼女をゴーストと呼ぼう。そして俺をジーニアスと呼んでくれ。アクション!!

映写機が回る。8ミリ。富士がそこに映っている。

ヤミイチ　あ!　映ってる。
ヤマト　考えてみれば、当たり前だ。
ヤミイチ　彼女は、ヒューマンビーンだったのか。
ヤマト　そしておまえは、スチューピッドだった。
ヤミイチ　すまん。
ヤマト　待て。
ヤミイチ　え?
ヤマト　おかしくないか。
ヤミイチ　何が。
ヤマト　彼女の様子だ。
ヤミイチ　取り憑かれているからな。
ヤマト　違うぞ、これは。

怪しい行動をした瞬間で8ミリとまる。
その恰好と同じままの富士がそこに現れる。飛行機の翼の上で、石油缶を手にしている。
ヤマト、その8ミリの中の富士をつれてくる。

ヤマト　富士さん。
富士　何かしら。
ヤマト　ちょっと見て貰いたいものがあるんです。

再び、その8ミリが動き出し、富士の姿が映し出される。
それは、飛行機からオイルを盗み出しては、油田の方へ油を注ぎ、まるで、永久機関のようにして石油を吹き上げさせている姿。
すなわち、富士が、飛行機のオイルを使い油田を捏造していた姿である。
8ミリ、止まる。

沈黙。

ヤマト　何をしたのか。説明してくれないか。

沈黙。

ヤマト　どうみても、俺にはオイルを飛行機から持ち出して、その僅かなオイルを油田に見せかけたとしか見えないんだが説明してくれ。

富士　すべてじゃないわ。

ヤマト　何て言ったの？　すべての油田を捏造したわけではないっていうことか？

ヤミイチ　やったのか。

ヤマト　情けない。

富士　え？

ヤマト　俺のことを、情けない情けないって言ってた人の姿かな。これが。

富士　（土下座する）すいませんでした。

ヤマト　何に対して。

富士　魔がさしたの。

ヤミイチ　魔がさしたと言ってる。

富士　お母さんを呼んで下さい。

ノンキダネ、大國教授と駆けつけてくる。

大國教授　よくわからん。よくわからん。よくわからん。

ノンキダネ　この子に、何かが宿っていることは間違いないんです。でっち上げたりしているわけがないわよね。
富士　やったのよ。ばれてしまったのよ。もう一息っていうところで。
ヤマト　一体、どこまでが作り話だったんです。
大國教授　すべてなのか。最初からなのか。
富士　違います。
ノンキダネ　少しは、神様の声や死者の声が聞こえていたんだろう。
大國教授　古代人の姿は見えていたのか？
ヤマト　全部嘘なんだろう。
富士　全部じゃないわ。
大國教授　全部なんてことになったら、俺たちは終わりだ。
ノンキダネ　そうよ、お前の弟の顔にだって泥塗るんだよ。
大國教授　出雲イズラモなんて、世紀のでっち上げやって、アメリカと戦争しようとした世紀の馬鹿学者として私達の名前が残るんだ。
ノンキダネ　悪夢だわ。偽預言者の母になるなんて。
富士　全部じゃないのよ。
ヤミイチ　本当に出たオイルもあるっていうことですか？
富士　プレッシャーが掛かったのよ。近頃どうしてもでなかったから、これから戦争しなくちゃいけないでしょう。石油が止まったら士気が途端におちるでしょう。
ヤミイチ　いつからのが嘘なんだ。

富士　一番はじめのオイルは。
ヤマト　決まってる。最初からだ。ここに油田なんかあるはずがない。
ヤミイチ　すべて私が捏造しました。と世界に向かって公表して下さい。
富士　……。
ヤマト　あの油田を頼りに戦争しようとしてるんですよ。このちっぽけな出雲が。
富士　……。
ヤマト　何故、黙っているんです。
大國教授　あなたは、この出雲イズラモの神話をどう続けて行くつもりなんだ？
富士　私が続けるんじゃないわ。私に見えるそこにいる古代人が、始めるのよ。その戦いを。
ヤマト　何が見えるんだ、今更。
富士　英雄ナマコの後を追い、幾千幾万のヨナレヲセヌヒト等は、自ら死んで〝オイル〟に化け、復讐の御旗の下、突き進んでいく。私には聞こえている。

ヨナレヲセヌヒト等の姿が見えてくる。

富士　さあ、あなたたちは何も恐れることはない。老いて、老いて、オイルになるの。そして、この古えの物語の中に死体を積み上げよ。天国に届くほど積み上げて、天まで噴き上げるオイルになれ。死んでも老いて、腐って溶けて、それでも忘れぬ、火黒き燃える水になれ、さあ!!天国が約束されているのよ。このマホ女のコトバで。

世界は、古代に変わっていく。

ヨナレヲセヌヒト等は、ナマコがしたように『オイル』を煽っては前へ前へと進んでいく。

空から飛行機の音が聞こえる。


スピーカーから天の声が聞こえてくる。

天の声　本日午前零時八分、天より天孫の降臨するべし。夜の帳に忍んで、低空飛行を繰り返し、絨毯爆撃をおこなうべし。強風、大火の神々の力も借り、十万人に及ぶヨナレヲセヌヒトの命、一日にして奪うべし。
ヨナレヲセヌヒト8　何だあれは。
ヨナレヲセヌヒト7　我等の神か?
ヨナレヲセヌヒト6　違う。敵だ。アマテラス大御神の大群が、天より降臨してくるのだ。

天より、竜が飛来してくる。

竜には、マサカ、ロイヤ、コラバガが乗っている。

竜が零戦をのみこむ。

その神話の世界に飛び込んでいくヤマト。

ヤマト　待ってくれ！　待ってくれ！

マサカ　誰だ、あの八岐に立ち、行く手遮るものは。

ヤマト　俺は情けない男だ。だから恐い。生きていたいのだ。誰もが生きていたいのだ。生きる望みを捨ててはいないんだ。だから、一斉掃射するのは、しばし待ってくれ！

ロイヤ　だが、初めに我々に火傷を負わせたのもおまえらなら、今また先に攻め込んでくるのもおまえらだ。

コラバガ　見ろお前の後ろを。

ヤマト　え？

マサカ　ニセの預言者に踊らされたそのヨナレヲセヌ人々だ。

ヨナレヲセヌヒト、前進する。
アマテラス大御神の一群（征服民）の乗った竜からの火炎掃射が始まる。
ヨナレヲセヌ人々そこに、倒れ込むように死ぬ。
そして、立ち上がる。
また竜が掃射する。
人々、倒れ込むように死ぬ。
また、立ち上がる。
また掃射する。
倒れ込んで死ぬ。

立ち上がる。
掃射。
死ぬ。
立つ。
撃つ。
死ぬ。
立つ。
撃つ。
死ぬ。
立つ。
撃つ。
死ぬ。
延々と繰り返される。

マサカ　いくど焼き払えども、砂地のどこからか、潜んでいた小さな獣のように奴らが現れる。

その古代の戦争の景色が、遠のく。ヤマトと富士。

オイル

ヤマト　あなたが今、見た古代の神話の光景を、これから、この土地で再現しようと思っていたのですか。そのありもしないオイルで。
ヤミイチ　早く自分はニセの預言者だったと言って下さい。
富士　あなたたちが、勝手にニセの預言者だって言って回ればいいじゃないの。
ヤマト　俺のコトバを信じるものか。
ヤミイチ　じゃあ俺が言おう。
ヤマト　まして、ヤミイチのコトバを。
ヤミイチ　そうだ。一ヶ月前まで、天皇をニセの神様だなんて、俺たちが言おうものなら、殺されていたんだ。同じことだ。あなたを今、この土地でニセの預言者だなんて言ってみろ……。
富士　じゃあ、黙っていて。あの飛行機が飛ぶまで、じっと黙っていればいいじゃない。
ヤマト　飛行機？

竜が去り、呑みこまれていた零戦が再び姿を現わす。

富士　飛行機が飛び立つまでは、黙っていて下さい。お願いします。お願いします。あの飛行機が飛び立つまで。
ヤマト　あの飛行機で何をするつもりなんだ？
富士　復讐するの。
ヤマト　え？
富士　復讐するのアメリカに。あの飛行機が飛びさえすれば、飛び立つオイルさえあれば復讐できるのよ。オイルがあれば、もっとオイルが積み上がれば。天国までオイルが積み上がれば。

ヤマト　そんな天国なんてあるわけがない。

富士　あたしに説教したいなら、受話器を持って話して。

ヤマト　え？

富士　なぜ私を止めるの？　アメリカのために。

ヤマト　あなたが、あの世の天国を信じるというのなら、俺はこの世の天国を信じる、アメリカを。アメリカは、これから俺の戦後の夢に、二十世紀の夢になるんだ。

富士　あの日もそう言ったよ、ヤマト、お前は。

ヤマト　え？

ノンキダネ　ヤマトって言ったよね？

大國教授　言ったね。

ノンキダネ　分かりましたよ教授。この子には、今弟が見えているんですよ。

大國教授　亡くなられたヤマト君が？

ノンキダネ　そこにいるのね、ヤマトが。

富士　ヤマト、あの飛行機を飛ばそうとしているのは、あたしの魂じゃない。わかる？　今この出雲の土地をさすらうほどにさまよっているのは、わたしの魂ではない。ヤマト、お前なのよ。お前の魂なのよ。お前の魂が、あの飛行機を飛ばそうとしているのよ。

ヤマト　何を言ってるんだ。ヤミイチ、分かるかこの人の言ってること。え？

ヤマトが振りかえったところにもう、ヤミイチはいない。
零戦のプロペラが回り出す。日本人ナマコが乗り込もうとしている。

ノンキダネ　一体何がしたいんだ。お前の言葉を信じて、飛行機が、二機飛び立とうとしてるんだよ。
大國教授　どこに向けて、飛べと指示したんだ。
富士　アメリカよ。
ヤマト　アメリカ？
大國教授　アメリカのどこだ。
富士　ニューヨークよ。
ヤマト　ニューヨーク？
富士　八月に原爆を二つ落とされたから、九月に飛行機を二機飛ばすのよ。片道分だけのオイルを積んで……。
ヤマト　え？
富士　それが復讐法というものでしょう。大國教授。
大國教授　え？
富士　そうよね。弟が信じていた出雲イズラモの復讐法というものでしょう。違うの？
ヤマト　だめだ、その飛行機をとばしてはだめだ！
富士　でも、もしもあの日、投下された原子爆弾のその真下にいたのが、あなただったらどう？

あなたが憧れた国が落としたその爆弾に殺された何十万分の一人だったら。その魂がここをさすらっているのだとしたら？

ヤマト　もしも俺が？

富士　そうよ。

ヤマト　俺が……。

富士　そうよ、あなたが。

ヤマト　俺が……。

富士　私とこうして、電話で喋っているのはみんな死んだ魂なのよ。お前の魂には見えるでしょう。この飛行機が飛び立ち、大好きなアメリカのムービーのように炎上し、神話の中の物語のように二つの火柱が立ち上がる。

ノンキダネ　あのプロペラの音。

大國教授　飛行機が飛び立つ!!

飛行機が飛び立ち、爆破し、二つの火柱が上がる。それは、マッサーカがみた悪夢。

マッサーカ　うわあ!!

真夜中、悪夢から覚めて、寝室に一人いるマッサーカ。

マッサーカ　（無線機で）アマテラス大御神に繋いで……。ご英断に従い、明日島根から撤退します。

明朝の明るい景色に変わる。

神宮寺醍子　撤退ですよ、撤退。聞きましたか？
ロイヤー　ああ。（コーラバーガと共に黙々と速やかに撤退の作業をしている）
神宮寺醍子　このままでは、日本のために、石油を掘りだした馬鹿者と言われます。それどころか、日系人だから、やはりな位のことを言われますよ。
マッサーカ　出雲撤退は、アマテラス大御神のお言葉なのよ。
神宮寺醍子　いつから、軍曹はそんなに信心深くなったんです。
マッサーカ　暗号じゃないの。
神宮寺醍子　暗号？
マッサーカ　アマテラス大御神なんて名前の人間がいるわけないでしょう。
神宮寺醍子　誰のことです？
ロイヤー　（小声で）トルーマン大統領のことだ。
神宮寺醍子　何のために暗号なんか。大統領って呼びましょうよ。大統領！
コーラバーガ　敵国でそんな大声出すんじゃない。
神宮寺醍子　敵国？　我々にオイルを掘り出すよう命じたのも大統領でしょう。何故撤退なんです。

マッサーカ　こんなところから石油が出るわけないでしょう。

神宮寺醍子　では何のために？　この地に舞い降りてきたんです。

　マッサーカ、撤退の準備をやめて、神宮寺に向き直る。

マッサーカ　アメリカは、これからこの戦争終結のために世界で初めての原爆を落とすの。

神宮寺醍子　世界で初めてって、もう……。

マッサーカ　出雲が原爆を落とすのにふさわしい土地か、そんな情報活動を敵国日本で出来るのは、日本人の顔をしたアメリカ人以外いないでしょう。

神宮寺醍子　誰のことです。

マッサーカ　あたしたちじゃないの。あなたも、その為にここにいたんじゃないの。

神宮寺醍子　じゃあ、撤退って……え？

マッサーカ　トルーマン大統領がこの土地を選んだの。あなたからの情報を受けて。急ぐのよ。急いで、この土地から離れていくの。

神宮寺醍子　どこへ行くの。

マッサーカ　安全な所よ。

神宮寺醍子　どこ。

ロイヤー　広島。

神宮寺醍子　え？
ロイヤー　そして、まもなく戦争が終わる。
神宮寺醍子　あたし……先走って、もう戦後の夢を見ていたのね。
コーラバーガ　ガムの嚙みすぎですね。
マッサーカ　醍子、あなたのフィアンセも逃げてるんでしょう。そこへ。一緒に乗って行きなさい。そして、この戦争が終わったら、本当に見れば良いじゃない。戦後の夢を。さあジープに乗って！

ジープに乗り込む。ジープ走り出し、背を向ける。

富士　（呟く）みんな。
全員　え？
富士　行かないで。

小さくなっていくジープの姿を見ながら。

富士　あのジープに乗った人たちは、誰も戦後の夢を見ることが出来ない。あのジープを追った人たちは、誰一人戦後の夢を知らない。あたしには、明日が見えている。だのに、流れ出した時間は、もう止めることが出来ない……。もしもし、もしもし、アマテラス大御神様ですね。

そのお名前でよろしいんですね……アマテラス大御神様からお電話です。……何度もおよびしたんですけど、いらっしゃらないようです。はい？　あ、伝言いたします。投下目標変更。出雲上空は、霧が濃い故に、目標を出雲より広島に変更。はい、お伝えしておきます。至急にですね。はい、今日の日付と共に。六日ですよね。九月……え？　八月？　八月でしたっけ、あたし一月間違えていた。

電話が鳴る。富士、その電話をとる。
かけてきたのはヤマト、飛行機に乗っている。

富士　もしもし。
ヤマト　俺、アメリカへ行こうと思ってる。

間。

富士　ヤマト？　ヤマトなの？
ヤマト　そうだよ、姉さん。
富士　あんた、軍隊を逃げたそうじゃない。
ヤマト　え？　知ってたのか。
富士　家にあんたが帰ってきたら、すぐに連絡するようにって、さっき、おっかないのが来たわよ。

ヤマト　連絡しないでくれよ。
富士　当たり前じゃないの。
ヤマト　情けない弟だろう。
富士　なれっこよ。
ヤマト　志願もしてないのに特攻兵にされた。俺、死にたくないんだ。
富士　ひとりなの？
ヤマト　ヤミイチと二人で逃げてる……金がないんだ、姉さん。
富士　もってこいって言うの？
ヤマト　醍子に頼んだんだけど……。
富士　醍子さん、すっ飛んでいったわよ。
ヤマト　え？　ここに？　広島に。
富士　そうよ、でも分からないでしょう、広島だけじゃ、広島のどこにいるの。
ヤマト　市内だよ。
富士　どのあたり。
ヤマト　太田川の河畔だ。川縁にある産業奨励館っていう建物の中から……。

プツッと、音がとぎれる。

富士　……その電話は何事もなかったようにプツッと切れた。でもその時電話の向こうで、十万人の人間が溶けた。

轟音と共にヤマトの乗った零戦が、砂の中に埋もれていく。

そして、残るのはただのだだっ広い砂地だ。

富士が一人そこにいる。

富士　電話の向こうで人が溶けてあたしの耳に、声が残った。石段に腰をかけていた人が溶けて、その石の上にその人の影だけが残ったように、あたしの耳に声が残った。電話の向こうで十万人の人間が溶けて、十万人の声があたしの耳に残った。残った声は幻？……このオイルが幻だというのなら、それでもいいの。幻のオイルを補給して、どうしても幻の零戦を飛ばしてやる。ヤマト、もう一度教えて。復讐は愚かなこと？　たった一日で何十万人の人間が殺された。その恨みは、簡単に消えるものなの？　一ヶ月しかたっていないのよ、あれから。どうして、ガムをかめるの？　コーラを飲めるの？　ハンバーガーを食べられるの？　この恨みにも時効があるの？　人は何時か忘れてしまうの？　原爆を落とされた日のことを。その翌日、歩いたその町を。焼けて流れて爛れて溶けたあの町とそこに張り付いていた人影を。そして、あたしの耳に残った、ヤマト、あなたの声を……もしもし、もしもし……天国があるというのなら、何故あの世に作るの？　この世にないの。どうして、天国が今ではなくて、アフターなの？　その答えを教えてくれたら信じてもいいよ。あなたのこと……ごめんなさい。嘘ついた。ほんとは助けが欲しい……あなたの。聞こえていたら……返事して……神さま。
振り向く。不毛の砂地の遥か向こうに、閃光が走る。そして、暗転。

「スス加減」

どのくらい昔からだろう、演劇の稽古場には必ずといっていいほど、プロレスのことを熱く語る役者の一群がいた。はっきり言って、私は、そういう役者達を煙たく思っていた。ただジャズが好き、映画が好き、渡辺えり子が好きというのと違って、プロレスを好きな役者達には、煙りから出るススみたいのがついていた。「プロレスを熱く語る自分」に熱くなっている時に、出てくるススである。

(その意味で言えば、近頃の俄かサッカーファンが同じ色のユニフォームを着て、これみよがしに熱くなっている姿にも、そのススがついている「何かをとてつもなく愛している自分」を愛しています。とおおっぴらにいっているようなスス加減なのである。)

他人に見せる感動の涙なんていうのも、そうではないだろうか。「映画に感動している自分」に感動している。

私は、その自分との距離感のなさが嫌いである。さらに私は、自分との距離ばかりでなく、家族とか故郷とか国家との距離感のない人間も嫌いである。

家族や故郷や国家が嫌いなのではない。距離感のないことが嫌いなのだ。

9・11の事件が起きた時、当事者以外は誰もがテレビの前で「映画みたいだ」と思ったに違いない。そして今年、すでにハリウッドは、その「映画に見えた」事件を映画にした。何という、リアリティーに対する距離感のなさ。何というリアリティーへの冒瀆であろう。

普段、創作と想像の現場にいる私は、いつもこのリアリティーとの距離感をはかっている。だが、その創作と想像の渦中に巻き込まれると、わからなくなってしまうことがある。

かく言う私も、四年前、日本でおこなわれたサッカーワールドカップの開幕戦、日本―ベルギー戦をそのスタジアムで見た。さすがに青いユニフォームは着なかったが、日本のゴールの瞬間に、後ろの席の見知らぬ人に抱きついて、興奮していた。悪いことではない。誰もがそう思う。が、同時に、この距離を失った熱狂というのは、厄介なものである。

私は、この芝居で『距離感のない熱狂の中で、繰り広げられる暴力』を描いた。だが、そのことを本当に距離感を持って描くことができたか。それを判断できるのは、いつもリングサイドにいる醒めた第三者だけである。

（二〇〇六年「ロープ」公演パンフレットより）

野田地図第十二回公演『ロープ』

2006年12月5日（火）～2007年1月31日（水）　Bunkamuraシアターコクーン

作・演出　野田秀樹
美術　堀尾幸男
照明　小川幾雄
衣裳　ひびのこづえ
選曲・効果　高都幸男
ヘアメイク　河村陽子
舞台監督　瀬崎将孝
プロデューサー　北村明子

演出補　高都幸男
演出助手　坂本聖子
美術助手　秋山光洋
演出部　酒井千春／川嶋清美
多和田仁／前田輝雄
藤本典江／国代雅子
清水将司
照明操作　熊崎こずえ／山崎哲也
松本大介
音響操作　近藤達史
ヘアメイク助手　小池美津子
ヘアメイク(宮沢りえ)　久道由紀
制作進行　藤田千史／吉澤尚子
市瀬玉子／萩原朱貴子
林由香子／鈴木瑛恵
李銀京
票券　中村あゆみ／笠間美穂
広報　西村聖子

大道具制作　㈱俳優座劇場舞台美術部
（石元俊二）
リングアドバイザー　ジャッジサポート㈱

小道具　高津映画装飾㈱（石崎三喜）
㈲バックステージ
特殊効果　㈱GIMMICK
ブロンコ（ビル横山）
衣裳制作　㈲はせがわ工房（永橋康朗）
ヘアメイク協力　チャコット㈱
履物　神田屋
協力　㈱HORIO／㈱アザー／DaB
㈱テルミック／村上泉
石井みほ／湯浅由美子／飯塚加那
稽古場協力
Bunkamuraシアターコクーン稽古場
からだのワークショップ　日野晃

ポスター・オイルペインティング
金子國義
アートディレクション　後藤徹／横山文啓
パンフレット写真撮影
瀬尾隆（人物／稽古場）
加藤孝（対談）
ヘアメイク（パンフレット）
e.a.t...（新井克英／高橋貢）
パンフレット取材　沢美也子／尾上そら
岩城京子／石本真樹
舞台写真撮影　青木司
ポスター貼り
ポスター・ハリス・カンパニー
印刷　㈱電通テック／吉田印刷工業㈱

提携　Bunkamura
企画・製作　NODA・MAP

出演

宮沢りえ………タマシイ
藤原竜也………ヘラクレス・ノブナガ
渡辺えり子……JHNDDT
橋本じゅん……カメレオン
宇梶剛士………グレイト今川
三宅弘城………AD
松村武…………サラマンドラ
中村まこと……入国管理局ボラ
明星真由美……明美姫
明樂哲典………レスラー北
AKIRA ………レスラー南
野田秀樹………D

アンサンブル
梅原晶太／岡慶悟／奥山隆／亀岡孝洋／小島啓寿／沢井正棋／
芹澤セリコ／多賀健祐／高木珠里／竹岡英征／野笹由紀子／
萩原誠人／長谷部洋子／細川洋平／村上寿子

ロープ

野田秀樹：脚本

二人の男が、トレイに大量の食事をのせて現れる。
サラマンドラとカメレオン。
閉じられた扉の下から、食事を入れる。
だが、扉の下から、すぐに戻ってくる。
もう一度、食事を入れる。
またすぐに戻ってくる。
再び扉の下から食事を入れる。

サラマンドラ　頼む、ヘラクレス。

食事、戻ってくる。
二人、顔を見合わせる。

サラマンドラ　料理がまずいんじゃねえのか。

サラマンドラ、料理を食ってみる。

カメレオン　念入りに作りました。鰻そっくりに。

サラマンドラ　え？　鰻じゃねえのか、これ。

カメレオン　オオサンショウウオです。

サラマンドラ　オオサンショウウオは、天然記念物だろ。

カメレオン　なんの記念すか。

サラマンドラ　天然かな。

カメレオン　どういうことすか。

サラマンドラ　食うなってことだよ。

カメレオン　オオサンショウウオを食わないことを記念しているんですか。

サラマンドラ　とにかく、オオサンショウウオは食うな。

カメレオン　細かい事は、いいんじゃないすか？　俺たちプロレスラーは。

サラマンドラ　（扉を見て）プロレスラーが、引き籠もりしているなんて、口が裂けても言うんじゃねえぞ。

ロープ

カメレオン　みんな言ってますよ。親父が死んで、うちの団体は終わりだって。あのおうつけの跡取りには、なにもできないって。

サラマンドラ　わからねえだろう。まだ跡をついだばかりじゃねえか。

カメレオン　でもいきなり、引きこもりですよ。
サラマンドラ　だから泣き顔を見られたくないんだよ。
カメレオン　あいつ、葬式の時、オヤジさんの位牌に、むんずとばかり灰をつかんで投げつけたんですよ。そんな奴が泣きますかね。
サラマンドラ　泣くんだよ。そんな奴だからこそ、人知れず泣くんだ。
カメレオン　今日もテーブルの上に何気なく置いときますか？
サラマンドラ　それが一番だ。ほら、姿を消せ。
カメレオン　はい消しますよ。どうせうちはすぐに消えてなくなるんだから。

二人、別の扉の中へ入る。
と、そのまた別の扉から、男二人と女が、ちょこまかっと動きながら出てくる。そして、ヘラクレスに用意された飯をがつがつと飢えたように食う。

女　飯食ったらずらかるよ。
ＡＤ　ずらかるって。
女　撤収だよ。
ＡＤ　撤収って？　この三日間、テーブルの飯を盗み食いしていただけじゃないですか。
女　あんな花の無い奴ら、隠し撮りしてもしょうがないだろう。カメラ回すだけテープの無駄だよ。

ＡＤ　だから、今の奴らじゃないんですって。
女　どうせ似たようなやつだろ。
ＡＤ　引きこもりしてる方ですよ。花があるんですって。
女　（もう一人の男を蹴って）ほら早くカメラを運びな。
Ｄ　ああ。
女　ああ、しか言えないよ。この無能。
ＡＤ　ディレクターを無能呼ばわりしないでください。私の上司です。
女　でも、あたしの亭主だよ。
ＡＤ　本来あなたには、この仕事、何の権限も無いんですよ。ディレクターとＡＤである私の仕事です。あなたは部外者でしょ。
女　ディレクターの妻だよ。ＤＴだよ。正確には、自分ひとりでは何もできないディレクターの妻、ＪＨＮＤＤＴ。ねえ、あなた。
Ｄ　ああ、俺は一人では何も決められない。
ＡＤ　そんなことないですよ。やるき茶屋では、いつも素晴らしいアイデアを出してくるじゃないですか。
ＪＨＮＤＤＴ（女）　へえ、それがこの弱小プロレス団体の隠し撮りなんだ。
ＡＤ　いまや、テレビ界はバブルです。われわれ弱小ケーブルテレビは、隠し撮りしか道が無いんです。他人に金払う予算なんて無いんだから。
ＪＨＮＤＤＴ　だからって、なんでプロレスなのよ。自分のとこの平均視聴率を知ってんの。

０・02よ。弱視って呼ばれてんのよ。それが、なんでプロレス？　しかも弱小の。

AD　今にこの団体は大きくなります。

JHNDDT　やるき茶屋でそう思ったの？

AD　いえ、ディレクターがそう思ったんです。

D　でも思っただけ。やっぱりあの引きこもりは、無能かもしれない。

JHNDDT　あんた同様のね。

AD　なぜ、あの引きこもりを撮ろうと思ったかを言ってあげてください。

D　他愛ない理由だから。

JHNDDT　あら、理由があるんだ。

D　いやお前が聞くような……。

JHNDDT　言いなさいよ。

D　いや……。

JHNDDT　言いなさいよ！

D　俺が五つの時、オヤジに肩車をしてもらって街頭で見たテレビ、早川電機の、あ、今のシャープ、それの白黒で、しかも画面に横線が入って、なかなか画面が止まってくれないんだ。やっと画面が止まった。そこに映っていたのが、力道山とシャープ兄弟。あの頃テレビは、プロレスと共に育っていったんだ。

AD　だのに近頃、どこもプロレス中継をやりません。

D　あの引きこもりには、どこかプロレス創成期の面影がある、しかも奴の名前を知ってるか？

AD　ヘラクレスでしょ。
D　下の名だよ、ヘラクレス・ノブナガ、俺の大好きな信長だ！
AD　やっぱり、ディレクターはロマンチストだなあ。
JHNDDT　（大笑い）うひゃひゃひゃひゃひゃひゃひゃ、男って、どうして、そう、男って、うひゃひゃひゃひゃひゃひゃひゃ、男って、どうして、そう、うひゃひゃひゃひゃひゃひゃ。
AD　（女に）奥さん。あなたは美しい。
JHNDDT　あら。
AD　魅力もある。魔力もある。知性もあれば体重もある。でも思いやりが無い。
D　あ、戻ってくる。
JHNDDT　隠れなさい！

部屋には戻れず、反射的に隠れやすいところに隠れる。
サラマンドラとカメレオン、戻ってくる。

カメレオン　やっぱり、目を離すと、こんなに食ってる。
サラマンドラ　悲しみを乗り越えるには、カロリーが必要だ。（扉に）もっと食え！
カメレオン　試合は明後日ですよ。
サラマンドラ　それまでには出てくる。
カメレオン　しかも相手は、あの今をときめくグレイト今川ですよ。

サラマンドラ　わかってる。
カメレオン　あ〜あ、このタッグマッチで俺も名が売れると思ってたのに。あ！　そうだ！　もしもヘラクレスがこのままでてこなかったら、あいつの代わりに、サラマンドラさんが俺とタッグを組んでくださいよ。
サラマンドラ　バカヤロー、俺は引退してるだろう。
カメレオン　でも昔は、ハガネのサラマンドラと呼ばれてたんでしょう？
サラマンドラ　今はぽちゃぽちゃだよ。それに、俺、どちらかといえば頭脳労働の方の専業主婦だから。
カメレオン　言ってることがわかんないす。
サラマンドラ　レフリーは、頭使って、試合をつくるんだ。前もってマッチをメイキングするのが仕事なんだ。誰のおかげで、今川と試合ができると思ってるんだ。
カメレオン　あ。じゃあ、この試合も？
サラマンドラ　グレイト今川がヒール役をもうやりたくないって、愚痴るのを聞いたからさ。
カメレオン　あいつも、もう40近いですものね。
サラマンドラ　後妻をもらうんで、悪役をやめたいらしい。
カメレオン　つまり今川は、今回、勝ちたいんですね。
サラマンドラ　ああ。

間。

カメレオン　俺達が負ければいいんですね。
サラマンドラ　飲み込み早いな。
カメレオン　だったら、そのストーリーをヘラクレスに叩き込まなくちゃ。
サラマンドラ　大丈夫、お前さえ分かっていれば。
カメレオン　じゃあ、もう少し細かく。
サラマンドラ　いいか、グレイト今川は、今回も、いつもどおりヒールとしてリングに現れて観客に悪態をつく。
カメレオン　どんな風に？
サラマンドラ　『アジア人は歯が茶色いんだよ！』とか言って。
カメレオン　関係ないじゃないすか、俺ら日本人には。
サラマンドラ　ばか、アジア人でもあるんだよ。
カメレオン　え？　俺達アジア人？
サラマンドラ　どういうこと。
カメレオン　日本人て、アメリカ人じゃないの？
サラマンドラ　ばか。
カメレオン　じゃ、パリ？
サラマンドラ　もういい、でだ、アジア人の悪態をついていたグレイト今川の顔色が試合中に突然変わる。

カメレオン　なんで？
サラマンドラ　リング下に、タイ人の女との間にできた息子を見つけてしまう。
カメレオン　え？　そんな息子が？
サラマンドラ　ばか、ストーリーだ。お前が今川なら、そこで何て言う？
カメレオン　……。
サラマンドラ　その通り！
カメレオン　で、俺達はどうしていればいいんですかね。
サラマンドラ　黙ってやられてろ、手加減してくれる。

と言いながら、食べ終えたトレイを部屋の中に運び去る。

今度は、リングの下から、女がこっそりと出てくる。

そしてテーブルの上の食事を食べ始める。

とその時、ヘラクレス・ノブナガの引きこもっている扉がそっと開く。ノブナガ、誰もいないのを確認して出てきたつもりが、そこにその女がいる。

女、リングの下に潜り込もうとするが、もう遅い。

ノブナガ、女の足を引っ張ってリングの下から引きずり出す。

ノブナガ、女に近づき、その顔をしげしげと見つめ、元の位置に戻り、

ノブナガ　あんた誰。

女　みつかったとあっちゃあ、仕方ねえ。あたし、本当は見つかっちゃあいけないんです。
ノブナガ　おまえだな、いつも俺の飯を食っていたやつは。
女　あたしコロボックルなんです。
ノブナガ　あん？
女　ここに潜んでいれば助かると、父に聞きました。
ノブナガ　助かるって？
女　四角いジャングルの下には魂のアジールがあるのだと。間違ってます？
ノブナガ　間違いとか言う前に、おまえの言語がわからない。
女　あたし、タマシイです。
ノブナガ　え？　魂って、あの（胸の辺りを指して）なんかこの辺にある、あれ？
タマシイ　名前がタマシイ。民族的にはコロボックル。
ノブナガ　ひどいことになってるね。
タマシイ　あたしの身の上ですか。
ノブナガ　いや、あんたの頭の中。
タマシイ　いいわね、あなたは。引きこもっているという事実を、周りの人間皆が知っているもの。コロボックルの場合はね、同じ引きこもりでも、あたしたちが引きこもっているということを誰も知らないんだもの。引きこもり甲斐もないというものよ。
ノブナガ　そんなこと愚痴られてもな。
タマシイ　毎日ひきこもって、何してたの？

ノブナガ　スパイダーソリティアをやってた。
タマシイ　なにそれ。
ノブナガ　なんかわからないゲームだよ。シュシュシュシュってやつ。時間だけが潰れていく。あれは多分レスラーを駄目にするための任天堂の陰謀だ。
タマシイ　だったら、プロレスのゲームをやれば？　まだしも。
ノブナガ　まだしもか。
タマシイ　さあどうする。〝まだしも〟の生き方を選ぼうとするのか疲れた戦士。時よ、どれだけおまえを潰せば、俺を戦場に引きずり戻してくれるのだ！
ノブナガ　あんた実況が上手いな。
タマシイ　死んだ父から、あらゆることを実況するように育てられたんです。あたしたちの民族の為に。
ノブナガ　民族のためにって。
タマシイ　（こそこそしながら）だから、父が言うにはあたしはコロボックルの血をひいていて。
ノブナガ　人に絶対に見つかっちゃいけないってことか？
タマシイ　ええ、こそこそ生きろって。万一見つかった時は、その男と結婚をしろ。そうすれば、血が混じり秘密も混ざると。
ノブナガ　どういうこと。
タマシイ　結婚してください。
ノブナガ　おれが？

タマシイ　はい（手を差し出して）そういって、タマシイが深々とお辞儀をして、さし伸ばした手をどうするヘラクレス。これもまたひとつの闘い、タマシイの葛藤だ。さあ、手をとれヘラクレス。
ノブナガ　取るわけねえだろう。それに、実況もするな。
タマシイ　お願いだよー。故郷に帰れなんて、ありきたりなことを言わないで。
ノブナガ　故郷があるのか、だったら帰れ！
タマシイ　あたし未来からやってきたんだよ。
ノブナガ　今度はサイエンスフィクションに逃げ込もうって腹か。
タマシイ　父さんが言ったの。逃げ込めるところには、とりあえず逃げ込んでおけ。未来からやってきた俺達に帰る所はない。
ノブナガ　いつから、ここに潜んでるんだ？
タマシイ　新大久保の病院で、父が息をひきとってから、あなたの食べ残しを食べて生きています。
ノブナガ　食べ残す前にお前が食ってんじゃねえか。
タマシイ　それはひどい言いがかりだな。こんなに明るく生きているあたしに。キック！　いきなりキックされたぞ、さあどうするヘラクレス。
ノブナガ　だから実況するな！
タマシイ　日銭が入ると、父さんあたしをプロレスに連れて行ってくれました。その戦場が私の隠れ場所であり、私の学校でした。だから、いいよね、ここに住みついて。

ノブナガ　引きこもりのところにひきこもるつもりか。
タマシイ　引きこもりなんていい加減な気持ちじゃない。密やかな結婚だってば。
ノブナガ　だめだ。
タマシイ　あんたはなんで、引きこもりを始めたの？
ノブナガ　おまえに言うことじゃない。
タマシイ　知らぬ仲でもあるまいし。
ノブナガ　知らぬ仲だろう！
タマシイ　はいはい、夫婦喧嘩は犬も食いません。

ノブナガ、トレイの上の食べ物をいくつかポケットに詰め込み、部屋の中へ逃げ込もうとする。

タマシイ　でもプロレスって、なんであんなにわざとらしいの？

ノブナガ、ぴくっととまる。

ノブナガ　八百長だと思っているのか、プロレスを。
タマシイ　え？
ノブナガ　八百長だと思っているのか、プロレスを。

タマシイ　え？
ノブナガ　八百長だと思っているのか、プロレスを。
タマシイ　二千四百長になったよ。
ノブナガ　やおちょ！……
タマシイ　思ってない。
ノブナガ　いや思ってる。
タマシイ　じゃあ思ってる……え!?　もしかして、そんなことで引きこもってたの!?

ノブナガ、部屋に逃げ込む。
追ってはいるタマシイ。
出てくるノブナガ、追うタマシイ。
ノブナガ、タマシイをリングの下に再び押し込む。

ノブナガ　いいか、闘う魂の話だ！　口を挟むな、タマシイとか言う名のコロボックル！

ノブナガは、サラマンドラたちの部屋の扉を蹴る。

ノブナガ　出てこい！

カメレオン
サラマンドラ　出て来たあ！　ノブナガー。（喜ぶ。が、様子の違うノブナガに気づく）
ノブナガ　ずっと隠してたんだな。
カメレオン　何を？
ノブナガ　今日こそ聞く！　遂に聞く！　やっと聞く！　プロレスは八百長なんですか？
カメレオン
サラマンドラ　ええ!?
カメレオン　おまえ正気か。どういう風に考えたら、そんな結論が出てくるんだ。
ノブナガ　一ヶ月くらい前に、リングの上でふと思ったんです。なんであのロープに弾き飛ばされた後、わざわざ相手が待っているリングの中央へ俺は戻ってきているんだろうって。
サラマンドラ　ばか、作用、反作用だろう。（カメレオンをロープへ弾く）
カメレオン　行ったあ、反作用、弾かれるう、戻ってきたあ。
ノブナガ　いや、その戻る時、我慢できませんか。
カメレオン　我慢？　どこで。（サラマンドラ、再びカメレオンをロープへ弾く）
ノブナガ　だから、そのロープに弾かれた、あ、そこ。
カメレオン　（ロープに弾かれて）ああ、だめ、我慢できない、戻ってきちゃう。
サラマンドラ　（チョップをカメレオンに入れながら）そして、チョップ、喉に入りいの（ひっくり返ったカメレオンに）おまえが今度は弾いてやれ。
カメレオン　（ノブナガの手をとりロープへ弾く）ロープ、弾かれた。戻ってくる〜。

弾かれたノブナガとカメレオンが、プロレスを始める。サラマンドラはレフリーとなる。それを受けて、リングの下から、実況を始めるタマシイ。

タマシイ　さみしく華やかな電燈の下で、その闘いは始まった。不可思議を絵に描いた闘いだ。まずレフリーがカウントを数える。ワン、ツー、ス……（下にいるカメレオンが肩をあげる。観客の歓声）このカウントと言うのがわからない。かならず、スリーのス！　でとまる。いや、それよりもなによりも、レフリーがいるのは何のため。ほら見たか、またわざとらしく、反則に目をそむけた。わざと真実を見ようとしない。何故だ何故、それほどまでにかたくなに、悪事を見逃す。いやそれよりもこれ、この場外乱闘、ロープの外に出てもいいのか。だったらロープは何のため。よほど、わかりやすいぞ大相撲。ロープをつかんで叫んでいるぞ。「ロープ！　ロープ！」。それは、逃れ難き理不尽な苦痛から救われようとする魂の叫び。何故聞き逃す。何故耳を貸さない、レフリー。そして何のための「ロープ！」なぜかくまでもロープを使って跳ね返る。まるで催眠術だ。いったあ！　催眠術にかかったあ！　どーんだ。いったあ！　催眠術ぅー！　戻ってくるう！　どーん！　そこで止まれないのかプロレスラー。止まれるはずだ、人間ならば。目覚めよ催眠から、レスラーならば。しかもその名にプロがつくなら、君らが職業戦士であるならば。

突如、ロープで弾かれることなく、ヘラクレス・ノブナガがとまる。

ノブナガ　俺はもはや弾かれない。ロープという名の催眠術に。寂しく華やかな電球の下、こんなところに俺の闘いはない。

そういうが早いかノブナガは、再び部屋の中に入ってしまう。タマシイもリング下へ。

カメレオンとサラマンドラ、只、呆然。

カメレオン　それでオヤジさんの位牌にも灰を投げつけたんだ、『よくも今まで僕を騙したな』（扉に向かって）てやんでえ、おまえなんかプロレスをやめちまえ！

サラマンドラ　そんな事言って、本当に困るのは俺たちだ。あいつは金づるだぞ。

カメレオン　でもあいつを一人前にしてやったのは俺でしょう、あいつの効きもしない中途半端な4の字固めを、一生懸命痛がったことで、3の字固めっていうあいつの新しい技が出来上がったんすよ。こうなったら。

サラマンドラ　なんだ。

カメレオン　俺が引きこもってやる。

と言って、カメレオンたちの部屋に入る。

サラマンドラ　ちくしょう、こうなったら俺も引きこもってやる！

そういって、追っかけて同じ部屋に入り込むサラマンドラ。代わって、その場に忍び続けて一部始終を見ていたＪＨＮＤＤＴとＤとＡＤの三人、現れる。

ＡＤ　撤退だ、撤退ですね、どうしようもない団体だ。
Ｄ　全員引きこもりか。
ＡＤ　あれ？　何してるんです？
ＪＨＮＤＤＴ　(再びセッティングを始めて）隠し撮りするんだよ！
ＡＤ　え？
ＪＨＮＤＤＴ　いい子じゃないの。あの子純情だわ、いまどきいる？　プロレスが八百長じゃないって信じている子。
ＡＤ　いますよ、プロレスファンは純情です。
ＪＨＮＤＤＴ　あの子は、プロレスをやってる本人よ。なのに、八百長じゃないって信じてたのよ。
ＡＤ　それって、東スポの記事を書いた本人が、実は信じていたみたいな純情さですか。
ＪＨＮＤＤＴ　そんな下卑た喩えであの子の純情を汚さないで。
ＡＤ　でも、撮るか撮らないかは、ディレクターが決めることですから。
ＪＨＮＤＤＴ　撮るわよね！
Ｄ　え？　ああ（ＡＤに向かって）実はその純情を撮ろうと思っていたんだ。

ＡＤ　え？

Ｄ　プロレスは八百長ではないと信じているノブナガが成長していく壮大なドキュメンタリー。乱暴者だが、この世を変えることのできる青年の純情。

ＡＤ　ロマンチストだなあ。

ＪＨＮＤＤＴ　やるき茶屋でそんな話してたんだ。

Ｄ　（ＪＨＮＤＤＴを見て、とたんに元の萎縮した男に戻る）え？　いや……。

ＪＨＮＤＤＴ　いい？　絶対に気づかれないように隠し撮るのよ！　あいつらに払う金はないんだから！　ゲリラよ。ゲリラ撮り！　わかった!?　顔をあわせたりするんじゃ……。

そこへ、タマシイ、でてくる。

タマシイとＪＨＮＤＤＴが顔をあわせる。

ＤもＡＤも慌てふためく。タマシイも見つかったと思って慌てふためく。しばらく両者、慌てふためく。

タマシイ　何してたの？

ＡＤ　え？

タマシイ　それテレビカメラそっくり。

Ｄ　あ、ああ。

タマシイ　わかった。あなたたち……。

ＪＨＮＤＤＴ　ばれたわ。
タマシイ　コロボックルね。
三人　え!?
タマシイ　その人目を避ける姿、あたしと一緒、コロボックルでしょ。
Ｄ　しらばっくれろ。
タマシイ　シラバックレロ？　コロボックルの別種ね？　大久保と新大久保みたいなこと？
ＡＤ　いえ、僕たち……。
ＪＨＮＤＤＴ　そう、ぼくたちコロボックルだよ。
タマシイ　やっぱりね、いたのね、仲間が。
Ｄ　それが生憎。
ＪＨＮＤＤＴ　馬鹿、信じてるんだから、コロボックレな。
タマシイ　あなたたちも、この無縁の里に逃げ込んできたのね。滅ぼされたの？
ＪＨＮＤＤＴ　え？　ええ滅ぼされた、それはもうすごい勢いで滅びましたね。あたしたちコロボックルは。
タマシイ　コロボックルって、小さいって聞いてたけれど、あ、あたしは未来からやってきたんで、大きいんですけど。
Ｄ　へえ、未来か。すごいなあ。
ＡＤ　ぼくたちは過去からやってきたから。
タマシイ　そんなになっちゃったのは、やっぱり現代の食生活？

JHNDDT　ねえ、コロボックル同士、これからはお互いを助けあわない？
タマシイ　助け合うって？
JHNDDT　だってあなたも姿を見つけられないほうがいいんでしょう。
タマシイ　ええ。
JHNDDT　じゃあ握手。頼みがあったら何でも言って。
タマシイ　はい。
JHNDDT　早速頼みがあるんだけど、聞いてくれる。
タマシイ　え？
JHNDDT　あなたにあつい実況をお願いできるかしら。だれも見ることのできないリングの真下から。
タマシイ　でもなんで？
JHNDDT　……あんた、説明しな、ディレクターなんだから。
D　ええと、あ……。
タマシイ　もしかして。
D　もしかして、何？
タマシイ　え？　そうなの、そうなのね、私に人類を観察しろと。父もよくそういってました。
D　そう、人類の観察です。
タマシイ　とりわけ、人類が持っている「力」を監視しなければ、われわれコロボックルは危ないんだそうです。

D　そう。人類の持つ「力」の監視。
AD　重要な任務です。
JHNDDT　これをあげる。
タマシイ　え？　なんのバッジ。
JHNDDT　（実はテレビの隠しマイクをつけながら）コロボックルの人類監察官に、あなたを任命します。
タマシイ　わかりました。こっそりと頑張ります。あたし、父が死んでからここんとこ、ずっと隠れて生きていたから、誰かに頼りにされるって、こんなに生き甲斐のあることなんですね。ありがとう任命してくれて。わかっています。人類が何故、さほどに「力」に憧れるのか。私が、人類の隣からそのことを実況し続けます。

プロレス会場の照明に変わる。
豪雨。

タマシイ　時は皐月の十三日。村雨石氷打つごとき、豪雨に見舞われております。ところは、中野区桶狭間レスリング会場であります。まずは、悪の化身、極悪の最上級、サタンの生まれ変わり、グレイト今川の入場です！

入場の音楽、煙り、光、いずれも、おどろおどろしい。

タマシイ　幾たび、このリングの下から、父さんと一緒にこの男を見たことでしょう。はじめて見た時、入場の折に、私に優しく投げキッスをしてくれました。本当はいい人なのかな？　でも騙されるものか、父さんが近づくなといいました。見るだに背《そむ》けたくなるこの顔。なんとおぞましい。この顔へ向けられた世界からの憎悪、この男の力の源は、世界から疎まれた力であります。

グレイト今川が、レスラー北、南と共に入場し終わると、マイクを握って喋り出す。

グレイト今川　ふん！
タマシイ　いきなり、ふん！　だ。
グレイト今川　おめえら、歯が茶色いんだよー、このアジア人ども！
タマシイ　どう見てもおまえもアジア人だ。
グレイト今川　顔つきで国を判断する、それがおまえらアジア人だ！　俺は、遠くユダ王国に始まり、いにしえ薫るエジプト、ローマ、ビザンチン、歴史をくだってポーランド、海を渡ってアメリカと、歩きに歩いた苦労人。いいか！　プロレスは、俺達が考え出した。レボリューションも俺達が考え出した。だからプロレス革命とか言うな！
リングサイドから女の声　言わない！
グレイト今川　ありがとう。

リングサイドからバカっぽい女が、叫んでいる。

グレイト今川　お前らは、相撲をやってりゃいいんだ！
リングサイドの女　やってるー。
レスラー北　あとゴルフとかもやめて欲しいんだよね。
リングサイドの女　やめるー。
レスラー南　テニスもな。
リングサイドの女　やらなーい。
レスラー北　アジア人が来ると、折角のテニスコートが埃っぽくなるんだよ。
グレイト今川　アジア人って、みんなで埃をたてるじゃない!?
リングサイドの女　たててるー。
グレイト今川　で、おまえら、アジア人ってさ、何を着ても似合わないんだよね。
リングサイドの女　似合わなーい。
グレイト今川　民族衣装だけ着とけばいいんだよ。
リングサイドの女　着とくー。
グレイト今川　あと、アジア人ってさ、変なもん好きじゃない？　キャラクター商品て言うの？　だから、ああいうのをまず、みんなぶっ殺す。まずハローキティ！　あいつをぶっ殺す。ドラえもんももちろんぶっ殺す！　可愛いものはみんなぶっ殺す！

リングサイドの女　いやだあ、あたしぶっ殺されちゃう。
グレイト今川　あと、今日は特別にスチュワーデスをぶっ殺す。あいつら、なんか人生にポジティブ過ぎねえ？　狭い機内の通路でウッジュウライクワイン？　なんてアジア人がふつう言う？
タマシイ　そろそろ黙らないと、俺様が、ラリアートをお見舞いするぞ。
レスラー北
レスラー南｝誰だ、俺様って。
タマシイ　そんな天の声が聞こえてきそうだ、さあ、その俺様の入場だ！

入場曲、光、煙り、清清しくも勇ましい。

タマシイ　中野区が生んだ不世出のスター、この男の前にこの男なし、この男の後ろにこの男なし、ただし中野区限定、われらがヘラクレス・ノブナガ！

カメレオンが走りこんでくる。そして、リングで土下座する。

カメレオン　すいません！
グレイト今川　え？　え？
カメレオン　すいません。ノブナガが部屋に引きこもっちゃって、出てこないのです。

グレイト今川　（小声で）出てこないって、お前、俺、言うだけ言っちゃったから、このままじゃ、ただの悪い人だよ。
カメレオン　すいません。
グレイト今川　それじゃ、あまりにいつも通りじゃない？
カメレオン　俺をどうにでもしてください。でも手加減してください。

レフリーをやっていたサラマンドラも土下座をする。

サラマンドラ　こうなったら、俺が責任とって。（上半身脱ごうとする）
グレイト今川　余計なことするな。
サラマンドラ　だったらお詫びに、この一万円札を八十万円でお譲りします。
レスラー北　今川さんはバカじゃねえぞ。
サラマンドラ　いえ、これ自動販売機に入れても何度でも戻ってくるんです。つり銭の儲け放題、八十回つかまらなかったら、元が取れます。
グレイト今川　今、俺は、そんなものは欲しくないんだ。
サラマンドラ　はい！
グレイト今川　俺は、観客の愛が欲しいんだ。話が違うじゃねえか。
声　話ってなんだ。
グレイト今川　え？　え？

サラマンドラ　え？
　みれば、ヘラクレス・ノブナガがグレイト今川のリングサイドのコーナーポストの上に現れている。

ノブナガ　プロレスに前もっての話なんかいらない。ストーリーは俺が、今ここで作る。
　言うが早いか、ロープでグレイト今川の首を絞めにかかる。薄暗くなる。

グレイト今川　くる、く……。
　その薄ぼんやりとした明かりの中で、グレイト今川は、逆さに吊られて、何度も床に叩きつけられる。ズコーン、ズコーン！　火柱が立つ。ボワーッ！　稲妻が走る。シャキシャキーン！　まるで漫画だ。
　その間、タマシイの実況が続く。脈絡のないサブリミナル的実況放送。

タマシイ　口の中にサツマイモのかけらを突っ込んだ！……腹を踏んだ！……小さな生き物がでてきた！……顎鬚をつかんだぞ！……這い蹲《つくば》って手を伸ばしている！……何度も押し戻して！……最後は耳を切り取ったぞ！　耳だ、耳を切り取った！

再び明るくなる。騒然。ゴングが鳴り続ける。
今川は、血を流し半分真っ黒焦げで、白目を剝いて、そこに横たわっている。体から煙が立っている。
シューシューシュシュー。
うろたえる今川サイド、レスラー北、レスラー南もダメージを受けている。
リングサイドで叫んでいた女がリングに上がってくる。
明美姫　誰か何とかして、私の、私のグレイトが死にかけてる。
ノブナガ　勝った！　勝ったぞ！（コーナーポストに登り吠えている）
明美姫　（今川の首に巻きついたチャンピオンベルトを手に）このベルトで首を絞めたのね。
ノブナガ　しめた！　渾身の力を込めてしめた！　弱きもの、汝の名は引きこもり、その名に懸けて強き者の首をベルトで絞めた。そして今このベルトは俺のものだ！
カメレオン　ノブナガ！
ベルトを持って走り去るノブナガ。カメレオンも追って走り去る。
明美姫　キチガイだわ、誰かあいつをつかまえて。

男が一人リング上に上がってくる。

明美姫　あなた警察？
男　え？
明美姫　捕まえてよ！　あの男を。
男　さてどうしたものでしょう。
明美姫　人が白目をむいて血を流しているのよ。
男　私は今迷っているところです。
明美姫　いいから、救急車を呼んでよ。
男　たった今、目の前にある流血の惨事、職業柄われわれは、血を流しているものの言葉をきき、流血に至らしめたものを見つけ出し、逮捕をしなければなりません。しかし、ここは、リングというプロレスラーの職場、この血の意味を考えているところです。
明美姫　これが血糊だとでも言うの？
男　あたしも、社会のレフリー、多少の内幕は知っています。レスラーが指と指の間に隠し持った剃刀で、自らの額を切ることを。
明美姫　だったら、どっちにしろ、リングの血はほんものでしょう。
男　そうやって、わざと流した血を本物の血と呼んでいいのでしょうか。
明美姫　本物を本物と呼ばないで、何が本物よ。
男　しかも血は流れるところによって、その意味が変わるのです。戦場で血がどれだけ流れようとも、誰も逮捕されません。戦争を殺人事件とは呼びません。

明美姫　リングの上も同じだって言うの？　あなたそれでも警察？

男　誰が？

明美姫　あなた。

男　パスポートを見せて。

明美姫　あなたこそ警察手帳を見せなさいよ。

男　わたしはね、入国管理局のものだ。

見ればイミグレイション・カウンターがリングサイドに出来上がっている。

入国管理局ボラ　ただし、ボランティアだけれども。

明美姫　そんな、ボランティア……。

入国管理局ボラ　いるんだよ！　そんなボランティアばかりいるんだ！　下北沢の駅前にだって、自転車の違法駐車を取り締まる目つきの悪いボランティアがいるだろう。プロレスのリングサイドに入国管理局のボランティアがいて、何が悪い。

サラマンドラ　（今川を指して）そんなことより、この人、頭から血を……。

入国管理局ボラ　君もパスポートを見せて。

サラマンドラ　はい。（とポケットからパスポートを出す）

明美姫　え!?　持ってるの？

入国管理局ボラ　（パスポートを返して）はい、結構。

救急隊員らしき者らが到着。

入国管理局ボラ　リングサイドはね、外国人の不法滞在者の巣窟だ。ま、外国人といっても、アジア人だけれどもね。ほら！　そこの救急隊員！　パスポートを見せて。

隠し撮りしていたＴＶクルーの三人、白衣を着て、救急隊員のふりをして、今川を運び出しその場から逃げようとしている。

入国管理局ボラ　パスポート！
ＪＨＮＤＤＴ　はい。
明美姫　それ、パスポートじゃないわよ。
入国管理局ボラ　いいんだよ、なんでも。これは、踏み絵だから。やましくない奴は、この入国管理局のカウンターを堂々と通っていく。

救急隊員に化けたＴＶクルーが通る。担架に乗せられたグレイト今川に、付き添うように明美姫、レスラー達も通っていく。

明美姫　（入国管理局ボラに）あたし達は、これっぽちも疚しくなんかないよ！
入国管理局ボラ　けれども、疚しい者は、引っかかる。この踏み絵に。このカウンターを見ると反射的に頭を下げちゃう。腰をかがめちゃう。だからばれちゃう！
　見れば、まさしくタマシイがそのカウンターの前を、反射的に頭を下げたまま、腰をかがめて通っていく。
　入国管理局ボラとサラマンドラだけが残る。
入国管理局ボラ　似た者同士が二人残りましたね。
サラマンドラ　え？
入国管理局ボラ　あなたはリングの上の、私はリング下のレフリー。でも、ジャッジは、いつも難しい。どこまで見てみぬふりをしたものか。今は、とりあえず、この甘酸っぱいアジアの密林の臭いを追っていきましょう。嘔吐しながら。
サラマンドラ　嘔吐しながら？
入国管理局ボラ　おえっ！　おえっ！　追えっ！（去る）
サラマンドラ　（ため息をつき、去る）
　代わって、走りこんでくるノブナガとカメレオン。

カメレオン　待て、ノブナガ、おまえ、あれはひどい。あれはプロレスじゃない。あれは傷害事件だよ。
ノブナガ　もしも傷害事件なら、お前も共犯だ。
カメレオン　なんで。
ノブナガ　だって、あれはタッグマッチだ。
カメレオン　え？　そうなの、俺も逮捕？
ノブナガ　でもうまいことやっただろう。
カメレオン　なにが？
ノブナガ　まともにやって勝つ相手じゃない。だからまず味方を欺いた。
カメレオン　じゃあ、おまえが引きこもっていたのは……。
ノブナガ　誰もが俺を引きこもりと思った。誰もが部屋の中でスパイダーソリティアをやっていると思った。だが俺は部屋の中で漫画を読んでいた。
カメレオン　変わらねえよ。
ノブナガ　（摑みかかっていく）グワッシュ、ギュー、ムギュ、グォーン、ブルブルブルッ。漫画を読んでいたら、プロレスとの違いがわかんなくなった。
カメレオン　どういうこと。
ノブナガ　グシュ、ペチャッ、グニャリ。こういうの何ていうか知ってるか？
カメレオン　お祭り？
ノブナガ　擬音だよ。

カメレオン　やっぱ、お祭りじゃねえか。
二人　うん、擬音祭り。
ノブナガ　ブルブルブルブルグシャッ、それがプロレスだ。俺たちの肉体からは、力も出れば汗も出る。時に本物の血さえ流れているのに、観客にはタラリーンとしか聞こえていない。額に汗流して働くどころか、額に血を流して働いているんだぞレスラーは。だのに、タラリーンだ。本物の音が聞こえていない。何故だ？
カメレオン　ええと……。
ノブナガ　ありがとう、たぶん。
カメレオン　うん。
ノブナガ　観客の目には、プロレスが漫画に見えているからさ。グワッシュ、ドボドボ、ガガガガガッ、ガシュッ、ウゲェッ、ギャー。漫画の中からやってきた音が、観客の頭の中で聞こえ続ける。ウギャー、タラタラ。たとえ本当に目の前で、血が流れていようとも、頭の中では血も出なければ、痛くも無い。ウギャア、タラタラ。
カメレオン　おまえ、やっぱり引きこもっていただけのことあるな。
ノブナガ　わかってくれた？
カメレオン　ぜんぜんわからない。
ノブナガ　俺はもう擬音の中では闘わない。本物の痛みと血を見せつける。
　走りこんでくるタマシイ、そして、カメレオンにキックする。

タマシイ　トーッ。
カメレオン　何だお前、いきなり。
タマシイ　あ、ごめんなさい、人違いでした。あたし（ノブナガを指して）この人にキックしようと思って。だってこいつ（ノブナガ）悪い奴です。見たでしょう、あなたも。
カメレオン　誰だよ。
タマシイ　あたし、本当は誰にも見つかっちゃいけないんです。あたしを見なかったことにしてくれますか。
カメレオン　蹴られたうえに見なかったことにって、あんた何様？
タマシイ　（ノブナガに）あなたから紹介して。
カメレオン　あなた？　紹介？　なにお前ら、つきあってんの？
タマシイ　いえまだ夫婦です。
カメレオン　まだ夫婦って、その先に何があるんだ。
タマシイ　夫婦喧嘩です。
カメレオン　え？
タマシイ　（ノブナガに）あなた、わかってるの!?　自分のやったことが。いくらあたし達が、おしどり夫婦と言われているからって、面倒見切れないわよ。
ノブナガ　待てよ、いつ、誰が夫婦だって？
タマシイ　聞いてなかったの？　おしどりがよ。

ノブナガ　そのおしどりって、俺達じゃないよな。
タマシイ　おしどりはおしどりでしょ。どうして夫婦なのに、そんなこともわからないの？
ノブナガ　お前、どうしてそんなに夫婦になりたがる。え？　そうなの？
タマシイ　何が？
ノブナガ　そうなの？　そういうことなの？
タマシイ　（カメレオンに）もうこうなったら、あなたでもいい。この人の身代わりになって。
カメレオン　いいですよ、僕でよければ。
タマシイ　では改めて（カメレオンをキックする）とー！
カメレオン　あ、蹴られる身代わりでしたか。
タマシイ　私達コロボックルは、あなた方人類の「力」を監視する為に生まれてきたんです。だから今のは人類への懲罰です。
カメレオン　あなた……人類じゃないの。
タマシイ　人類監察官です。
カメレオン　なにそれ。
タマシイ　わたしの糊口の道です。
カメレオン　何の道だって？
タマシイ　くちすぎのてだてよ。
カメレオン　なに？
タマシイ　世を渡るすぎわい、いわばたつきです。

カメレオン　コロボックルの言葉か？
タマシイ　今のは日本語です。リングサイドで沢山の言葉を、父がつぶやくのを聞いて育ちました。それもこれも、今思えば人類の「力」を実況放送するためだったのかもしれません。
ノブナガ　じゃあそもそも、人間の力ってのはなんだい？
タマシイ　力ですか。
ノブナガ　うん。
タマシイ　力とは……
ノブナガ　力とは？
タマシイ　人間を死体に変えることのできる能力だ。
ノブナガ　「力とは人間を死体に変えることのできる能力」いいな。もらった。その言葉、青年の純情がもらった。
タマシイ　だめよ。
ノブナガ　何で？
タマシイ　これとて、リングサイドでつぶやいた、父からの遺産なんです。そして私にはまだ、その膨大な遺産の使い道が分からないんです。

そこへ、入国管理局ボラが飛び込んでくる。

カメレオン　警察だ！

ノブナガ　来たか。
カメレオン　逃げろノブナガ！
タマシイ　あいつ、警察官じゃないよ、パスポートを見る奴だよ。
入国管理局ボラ　それは、ボランティアでやってる。本業は警察。但し、ボランティアだ。
ノブナガ　（観念して両手を出す）
入国管理局ボラ　捕まえない。
ノブナガ　え？
入国管理局ボラ　あなたを捕まえない為に来ました。
タマシイ　いいひとだー。
ノブナガ　ありがとう。
入国管理局ボラ　ただし、リングの上でやっていることは八百長だと署名をしてください。そのうえでやってしまったと。
ノブナガ　俺は、本気でやった。
入国管理局ボラ　ま、いいよ。ゆっくりと考えて、そこに署名をしておいて、八百長っぽい字で書けばいいから、それで見てみぬ振りするから。どうせ、嘘ですから。（カメレオンを叩く）
カメレオン　いてえ！
入国管理局ボラ　痛くても嘘ですから。その痛みは無かったことにしてください。
タマシイ　無かったことにならないでしょ。いたがっているんだから。
入国管理局ボラ　でも仕方ない。

タマシイ　無茶よ。
入国管理局ボラ　無茶というのはね、無かったことをあったことにするのを言うんだ。ご飯を食べてないのに食べたことにしなさい！　みたいなのね。お腹すいちゃいます。死んじゃいます。でもね、私はね、あった事をなかったことにしようと言っているんです。ご飯を食べたのに食べなかったことにしようと。「夕飯食べた？　わしゃ食べてないよ」そういうおじいちゃんは、寧ろ微笑ましい。愛子様をうっかり食べちゃうくらい微笑ましい。ね、あった事を無かったことにする。（またカメレオンを叩く）
カメレオン　いたいって。
入国管理局ボラ　嘘ですから、ロープの中で起こっていることはすべて。だからあなたを傷害事件には問いません。
ノブナガ　じゃあ、お前なにしに来たんだ？
入国管理局ボラ　わたしたちジャッジは、ロープの外の犯罪だけをお縄にするんです。

ボラ、タマシイに手錠をかける。

タマシイ　え？
入国管理局ボラ　五千円盗んだでしょう。
タマシイ　誰が？
入国管理局ボラ　ほら。（タマシイのポケットに手を入れる）

五千円札がタマシイのポケットから出てくる。

タマシイ　嘘よ、こいつが今、私のポケットの中に五千円を入れたのよ。

入国管理局ボラ　ではなんですか？　私が、なかったことをあったことにしているとでも言いたいのですか？

ノブナガ　俺も見た。お前が五千円を入れたんだ。こいつは汚い。

入国管理局ボラ　汚い？　私が汚い？　それは、あまりにも見たままじゃないですか。真実はね、ポケットの中に入っていたりするから面白いんですよ。さあ、来い。

タマシイ　別件逮捕だ！　こいつらの手口だ！　気をつけろ！　っていつも父さんが言ってた。でもそうなの？　これが別件逮捕？

入国管理局ボラ　その通り、不法入国した者達を捕まえるには、こうするしかない、おまえ日本人じゃないだろう。

タマシイ　うがあ。

入国管理局ボラ　ほら！　訳のわかんないコトバ喋った。来い！

カメレオン　結婚してます！

入国管理局ボラ　は？

カメレオン　私がこの人と結婚しています。

入国管理局ボラ　何言ってんだ、おまえ。

カメレオン　わたしたちは夫婦です。
入国管理局ボラ　ほー、いつから。
タマシイ　この人と結婚しています。

カメレオン、どこぞへ走り去る。

入国管理局ボラ　フィリピーノ達はね、「おはようございます」の代わりに「この人と結婚しています」って言っちゃうんだ。
タマシイ　あたし、フィリピーノじゃありません。
入国管理局ボラ　じゃあ何ピーノ？
タマシイ　こうなったら、言っちゃいます。本当は、あたし見つかっちゃいけなかったんです。
ノブナガ　見つかりすぎだよ。今日一番見つかっている大賞がもらえるよ。
タマシイ　あたし、コロボックルです。
入国管理局ボラ　ホー。
タマシイ　あたし、未来からきたんです。
入国管理局ボラ　ホー。
タマシイ　父さんがそう言いました。
入国管理局ボラ　コロボックル、未来、父親。ほら、無かったことをあったことにする。これを無茶って呼ぶんだ。犯罪って呼ぶんだ。

息せき切って帰ってくるカメレオン。

カメレオン　取ってきた。

タマシイ　何それ。

カメレオン　結婚届（タマシイの拇印をとり）あとは俺がここに俺の拇印を押せば……。

その結婚届を奪って、ノブナガが拇印を押す。

カメレオン　あ。

ノブナガ　俺達、夫婦です。

カメレオン　俺が持ってきたのに。

ノブナガ　早く役所に届けに行ってくれ。頼むぞ、カメ。

カメレオン　カメじゃねえ、カメレオンだ。（などとぶつくさ言って走り去る）

ノブナガ　これでいいんだろう、手錠をはずせよ。

入国管理局ボラ　書類だけじゃだめなんだよね。形が無くちゃ。

ノブナガ　今晩から一緒に暮らします。

入国管理局ボラ　暮らすだけで夫婦かな。

ノブナガ　じゃ、何をすればいいんです。

タマシイ　お風呂とか一緒に入ればいいんでしょ。

入国管理局ボラ　本当に入れよ。二人で入ってるところを見に来るぞ。脚立を持ってでも覗きに来るからな。ちっ（タマシイの手錠をはずす）ないことをあることにした罪は重いぞ。

と言って去るボラ、入れ替わり帰ってくるカメレオン。

カメレオン　行ってきたあ。

タマシイ　いろいろとありがとうございました。

ノブナガ　ああ。

タマシイ　あたし、人類のこと誤解してました。人類って、情があるんですね。

ノブナガ　あはは。

カメレオン　あはは。

タマシイ　そのうえ、人類はみな明るい。

ノブナガ　(物欲しげに手を出す)

タマシイ　(そのノブナガの手をとって）これで晴れて夫婦になれたのね。

ノブナガ　(その手を払って、再び物欲しげに）俺達人類は、寛容だ、そして大きな心を持つには、大きな金がかかる。

タマシイ　ああ、結婚届の用紙代？　そんなものにも今日日、金がかかるのね、３００円くらい？　じゃ、割り勘ということで１５０円。

ノブナガ　おい、ころばっくれるつもりか、コロボックル。このリングサイドでの相場は、40万円。わかる？　結婚をしたことにしておくんだから。一応これで、俺の戸籍も汚れるわけだから。
カメレオン　そう、汚れた戸籍のクリーニング代と思えば、ねえ、40万円くらい。
ノブナガ　（カメレオンに）なんでお前まで手を出してるんだ？
カメレオン　だって、タッグを組んでるんだ、運命共同体だよ。
ノブナガ　何？
カメレオン　お前の拇印の上から俺の拇印も捺しておいた。
ノブナガ　よくそんな書類を役所が受け取ったな。
カメレオン　役人が向こうを向いている隙にささっと。
ノブナガ　カンニングかよ。
カメレオン　俺も偽装結婚しちゃった。二重偽装結婚だ。だから。（物欲しげに手を出す）
タマシイ　偽装結婚って、え？　じゃ、この結婚は八百長なんですか？
ノブナガ　当たり前だろう。
タマシイ　当たり前？
ノブナガ　なんで俺が、本気でお前と結婚するんだよ。
カメレオン　偽装結婚はね、どうせすぐにばれるから、その前に偽造パスポートを手に入れておいたほうがいい。込みで90万円くらいだよ。
タマシイ　そんな金あるわけないでしょ。

ノブナガ　おい、金もねえのに、俺と結婚をしてくれって言い続けてたのか？
タマシイ　私は今、人類監察官なのよ。
ノブナガ　いつまでもコロボックルだの、未来だのって、ぬかしてんじゃねえぞ。俺はくだらねえ御伽噺につきあっている暇はねえんだ。
タマシイ　それがあんたの本音なのね。
ノブナガ　本音も何も最初から、お前の言葉を信じてないよ。
タマシイ　人類ってひどいのね。
ノブナガ　ひどいのはお前だ。
タマシイ　あたしが？
ノブナガ　くそ！
カメレオン　どこへ行くんだ？
ノブナガ　離婚届を取って来るんだよ。
タマシイ　え？
ノブナガ　たった30秒の結婚で、バツイチだ！

ノブナガ、走り去る。

タマシイ　ねえ、あの人類は特殊よね。あんな奴ばかりじゃないよね。
カメレオン　リングサイドで幸せがタダで手に入ると思ってんのか。

タマシイ　え？

カメレオン　俺も離婚届に、あいつの上から拇印を押してこなくちゃ。

カメレオンも走り去る。

入れ替わり戻ってくるノブナガ。

ノブナガ　持ってきたぞ、三行半だ。

タマシイ　あ、お帰り。

ノブナガ　お帰りじゃない。早くここに拇印を捺して、お前こそ早くお帰り。

タマシイ　どこに？

ノブナガ　故郷だよ、未来。

タマシイ　生憎滅びたのよ、四時間で。天気のいい朝にね。ヘリコプターがやってきて。

ノブナガ　へえー、未来滅びてんのか。じゃあもう俺達、希望ないな。

タマシイ　前からあんたとは、ふたりきりで一度ゆっくりと話さなくちゃいけないと思っていたのよ。

ノブナガ　どうして、そう何十年も一緒に暮らしていた物言いをするかな。

タマシイ　あたしはリングの下からあなたのことを見ていたし、知っていたよ。

ノブナガ　一方的に知っていただけだろう。

タマシイ　あなたが一方的に知らなかっただけよ。

ノブナガ　それはもうストーカーの理屈だよね。
タマシイ　ひどいよ、一度は籍を入れた女をストーカー呼ばわりして。
ノブナガ　ひどいのはそっちだ。金もないのに偽装結婚しようだなんて。
タマシイ　偽装結婚は悪いことでしょう。
ノブナガ　リングサイドでは普通のことだよ。弱小プロレス団体が、どうやって食っていける？　レスラーの半分はバイトしてんだよ。バイトって言ってもスタバでいらっしゃいませとか、無理なんだよ。客を威嚇しちゃうから。バイトも限られてくる。レフリーのサラマンドラさんは、一万円札を八十万円で売るバイトをしている。だから俺もさ、リングサイドには、日本国籍が欲しいアジア人が沢山いる。だったら嘘でも結婚してあげれば、人助けにもなるだろう？　戸籍なんて何度でも出入り自由なんだから。
タマシイ　でも偽装結婚て、結局、結婚の八百長だよ。
ノブナガ　え？
タマシイ　人助けとか言いながら、やっていることは八百長じゃないか。リングの上で八百長をしなくてもリングを下りたら八百長をするんだ。リング上からの高い目線での話ばかりして、リング下からの低い目線を蔑ろにするのか。リングの下には出るに出られないコロボックルが沢山いる。人類はその心につけこんで金を稼ぐのか。だったらリングの上で八百長をして金をもらう方が、人類としてどれだけ崇高だい。
ノブナガ　……。
タマシイ　そうは思わない？

ノブナガ　そうか……そういうことか。
タマシイ　どうなの!?
ノブナガ　さあ。
タマシイ　さあ?
ノブナガ　さあ。
タマシイ　さあ?
ノブナガ　さあ。
タマシイ　さあ、ヘラクレス窮地に立たされた。ロープ際に追い詰められた。返す言葉に詰まった。返せるのか。反撃できるのか、それともこのままカウントスリーに入るのか?　ワン!　ツー!　ス……。

ノブナガ、部屋の中へ駆け込む。

タマシイ　あ、またあいつ引きこもっちゃった。
一人残されるタマシイ。一人残されて、その手持ち無沙汰が悲しい。また一人になったことが、えも言われず淋しい。
タマシイ　……ちくしょう、コロボックルは、てめえみたいに新参者の引きこもりじゃねえんだよ！……（気を取り直して）だめだめ、タマシイはやさぐれません。

そこへ、TVクルーの三人が慌てて駆け込んでくる。黙々と片づけを始める。

タマシイ　そうよ！　私には仲間がいたのよ！　コロボックルの皆さん。
AD　え？
タマシイ　ひどいんです。人類が私たちにした仕打ち。
AD　私達？
タマシイ　私達コロボックルにです。
JHNDDT　うるさい、黙れ！
タマシイ　でもこの人類監察官にした仕打ちはコロボックル全体にした仕打ちに等しいと……。
JHNDDT　（タマシイの胸のマイクをとって）こんなものがバッジの訳がないだろう。
タマシイ　え？　どういうこと？
JHNDDT　人類監察官!?　チャンチャラおかしいってえの。
タマシイ　コロボックルの皆さんまで、なにか浴びちゃいけない光線でも浴びたんですか？　正気に戻ってください。あ！　それともすりかわったんですね。時々あるんだ。……お前達！　向こうへ行っている間に、コロボックルの仲間とすりかわったんだな。
D　そうだよ。俺達はもうコロボックルじゃないよ。
タマシイ　人類か。

D　人類だ。
タマシイ　やっぱり。うちの父さんでさえも、時々すりかわっていたもの。急に金の受け渡しとかしていたもの。それから向こうへ行って、暫くするとまた父さんになって戻ってきた。
JHNDDT　盗んだトラクターでも売る相談をしていたんじゃないの。
タマシイ　何を言ってるんですか？
JHNDDT　リングサイドは、窃盗を繰り返すアジア人の社交場だから。お前もどうせなんか盗んで暮らしているんだろう、この盗っ人！
タマシイ　（呆然）リングサイドで見る限り人類はひどいことになっています。やはりコロボックルは、かさこそと枯葉のように、引きこもっているほうが幸せなのでしょうか。

　リング下に潜り込むタマシイ。

AD　ハーレーダビッドソン盗むのはベトナム人らしいです。ベンツは中国人だけど。
D　そういうノンフィクション番組にしておけば、こんなことにはならなかったんだよな。
JHNDDT　ほら早く証拠は隠滅しちゃいな。
AD　でもすこし惜しい気もしますね。
D　何を言ってるんだ。ぼくらは人を半殺しにする瞬間を放送しちゃったんだよ。
JHNDDT　（Dに向かって）またお前だよ、お前の所為で、こんなことに巻き込まれた。
D　いつも俺は、お前のお荷物になるな。

AD　そんなことを言わないで下さい。途中まではいい企画だったんです。
JHNDDT　へえあれがいい企画？　半殺しを実況つきで誇らしげに放送しちゃって。絶対にあたしたちも警察から取り調べられるからね。国家転覆罪とか言われたらどうすんのよ！
AD　奥さん、少し黙っていてください！
JHNDDT　わたしに黙れってどういうこと？
AD　ディレクターに自信を取り戻してもらおうと何か言うたびに、奥さんが萎縮させるからです。
JHNDDT　私が萎縮？　へえ、あたしがあんたを萎縮させるんだって。へえ、いつでも、あたしの所為にされるんだわ。いい番組を作れない。この人が運転できない。全部あたしの所為なんだ。この人の母親がアル中なのも私の所為なんだ。
AD　（そこに落ちている離婚届を見つけて）そんなにいやなら離婚をなさればいいじゃないですか、お荷物がなくなるでしょう。
JHNDDT　この人が一人でやっていける？　ねえ、あなたやっていけるの？
D　（怯える）
JHNDDT　ねえ、そうする？
D　頼むから、そんなことしないでくれ。
JHNDDT　どうして離婚したくないの？
D　お前を愛してるから。
JHNDDT　私を愛してるって言うんだもの、離婚なんかできないわ。

AD　でも、奥さんはディレクターを愛してますか？

JHNDDT　愛!?　これ、韓国か何かの映画？　これはね、義務、夫の面倒を見る義務。わかる？　あなたに、夫婦って言うものが。

AD　偽装結婚ですよね。

JHNDDT　何が？

AD　30年間別れずにいる偽装結婚じゃないですか！

JHNDDTが、ADにつかみかかろうとする。
Dが巻きこまれて、Dが暴力をふるわれる。

D　やめてくれ！……（ADだけに）くそー、いつか、あいつをリングの上にあげて……。

AD　ぶちのめしますか。

D　いや、代りにノブナガにぶちのめしてもらいたい。乱暴者だが、オレのこの世を変えることのできるノブナガに。

JHNDDT、D、ADの三人の携帯電話が一斉に鳴る。三者三様にドキッとする。思わず三人とも、テーブルの上に携帯電話を置く。

JHNDDT　なんで三人の電話が一斉になるのよ。

D　苦情の電話が殺到しているんだ。
JHNDDT　あんたがとりなさい、ディレクターなんだから。
D　おまえ出てくれADだから。
AD　荷が重過ぎます、もしかしたら警察からかもしれません。
D　警察？
AD　明日死刑が決定しましたが、午前中と午後とどちらがよろしいですか？　みたいなやつ。
D　（半泣き）もしそうだったら、午前中と言っておけ、午後は高校の同窓会があるから。
AD　（半泣き）でも午前中に死刑があると、午後は同窓会に出られなくなりますよ。
D　（半泣き）化けてもでるからって言っといてくれ。
JHNDDT　いいから早く出なさい。

　　JHNDDTが、三つの携帯電話のうちの一つを取る。三つとも鳴り止む。

JHNDDT　もしもし……え？　なんで、一斉に鳴り止むのよ。……はい、はい、ええ、ええ
（笑う）うひゃひゃひゃひゃひゃひゃひゃ。
D　誰だい？
JHNDDT　ユダヤ人の社長からだよ。

　間。

AD うちの……社長ですか？

D さあ。

JHNDDT なんであんたたちが知らないのよ。

D くれぐれもそのユダヤ人の社長に謝罪をしておいてくれ。

JHNDDT これまでのことすべてありがとう？　そして、おめでとう？

AD え!?

JHNDDT はい、弱視だったのに遠視になった？

AD それ老眼じゃないんですか？

JHNDDT え、視聴率？　0・02が2・0に。弱視が遠視。2・0は上出来。ええ、再放送の問い合わせも殺到。え？　サブリミナル効果の実況中継？

D サツマイモが何とかって言ってた、あれだ。

JHNDDT ええもう、あの実況には特に気持ちを込めさせましたので。……あんたたち、ユダヤ人の社長から番組への祝辞よ。……どうぞ。はい、そのまま伝えます。（ユダヤ人の社長になりかわり）「ええー、今日は歴史的な日になるだろう。誰もが、人間の暴力をリアルタイムで見たい。そのことをあなた方は堂々と宣言した。次が見たい。私だけではない。人々の欲望の声が聞こえてくる。ありがとう。そして次の試合はいつだ。次の試合は今回以上のものを見せてくれ」。

ツーと電話が切れる音。

JHNDDT　次の試合よ！　次の試合ですって！　ユダヤ人の社長が金出してくれるのよ。分かる？　どういうことか。

AD　なんとなく。

JHNDDT　屋形船借りきって、打ち上げができるのよ！

D　次の試合？　また撮るの？　もういいよ。

JHNDDT　もういい？

D　うん、視聴率も遠視になったんだから。

JHNDDT　あんたには野心と言うものがないの？　遠視なんかに甘んじていてはだめよ。視聴率を火星人の視力にするの。

D　火星人の視力っていくつなの？

JHNDDT　20・0よ。

AD　えー、火星人て、そうなんだ。

D　それを番組にしようよ。

JHNDDT　だめよ、ユダヤ人の社長も、その後ろにいる世界の大衆も、次の試合を望んでいるんだから。

AD　でも次の試合は、今回以上のものを見せてくれって言いましたよね。

JHNDDT　言ったわね。

AD　それはどういう意味ですか？

D　半殺し以上のものを見せろってことだ。……半殺し以上って何だ？

AD　4分の3殺し？

D　5分の4殺し？

AD　10分の9殺し？

間。

JHNDDT　ひと殺しよ。

D
AD　｝え!?

AD　そんなものを放送できませんよ。

JHNDDT　冗談よ、決まってるでしょ。ただ……。

AD　何ですか？

JHNDDT　このロープが張られている限り、この中では何でもできる。この中では何が起こってもいいんだよ。

AD　何が起こっても？

JHNDDT　そう、何が起こっても……さあ、やるわ。さあ、始めるわ。

盆が回ると、そこには、猿轡をされたサラマンドラ。その横にグレイト今川と明美姫がいる。グレイト今川は、様々な傷を負っている。明美姫が手当てをしている。

サラマンドラ　ウグエン。
グレイト今川　……。
サラマンドラ　ウグエン。
明美姫　さっきから、何て言ってるんだろ。
グレイト今川　いてえ！
明美姫　あ、ごめんなさい。
グレイト今川　そこは焦げてるんだよ。
明美姫　これだけ焦げても生きていられるなんて、さすがグレイトよ。
グレイト今川　子供の頃から人々に疎まれ続けたこの顔、夜道の曲がり角で人と出くわすたびに「うわっ」と言われ飛びのかれた。高級そうなレストランの椅子に座るたびに、隣のテーブルのご婦人が、俺の側においていたバッグをそっと反対側に置き換えた。何故だ！
明美姫　さあ。
グレイト今川　わかっているだろう。
明美姫　うん。
グレイト今川　この顔ゆえだ。けれども顔が夜道で人を殺すか!?　顔がバッグを盗むか!?
明美姫　あたいは、その顔が好きだよ。

グレイト今川　ありがとう、明美姫、でも本当にこの顔が好きなのか？　この顔だけが好きなのか？

明美姫　もちろん顔だけじゃないよ、こう薄目で見て、ぼんやりと全体が好き。

グレイト今川　そうだろう、おまえ、いつも薄目を開けてしか俺を見てないよな。

明美姫　そんなことないよ。

グレイト今川　いいんだよ、そんな薄目を開けてしか見られない顔を持つ男が、一生にたった一度だけ、リングの上でお客さんに愛されようと思った。その気持ちにつけこんで、（サラマンドラに）こいつ、あんな試合をさせやがって。

サラマンドラ　ウグエン。

明美姫　さっきから、ウグエン、ウグエンって言ってるわ。

サラマンドラ　ウグエン。

　　　グレイト今川、サラマンドラの猿轡を取る。

サラマンドラ　フクメン。

グレイト今川　なんだ？

サラマンドラ　覆面を被ったらどうです。

グレイト今川　えっ？

サラマンドラ　顔ゆえに愛されないのなら顔を消せばいい。

グレイト今川　猿轡しろ！

レスラー北が、走りこんでくる。

レスラー北　大変です。
明美姫　どうしたの？
レスラー北　東スポに今川さんのことが載ってます。
明美姫　何を驚いてるの？　この人はヒール役だけれどスターなのよ、うわあ！
グレイト今川　何て書いてあるんだ？
レスラー北　瀕死のグレイト今川、引退して年金生活。
グレイト今川　誰が、こんなガセネタを流したんだ？
サラマンドラ　オエラ！
レスラー北　何か言ってますよ。
サラマンドラ　オエラ！

グレイト今川、サラマンドラの猿轡を取る。

サラマンドラ　鯵の干物なんかも、バカにならないお値段になりましたよねえ。
明美姫　そんなこと言ってなかったでしょう。

サラマンドラ　俺だ！　俺があのガセネタ流しました。
グレイト今川　猿轡しろ！
サラマンドラ　待って！　わたしは、あなたのことを思ってそうしたんです。
グレイト今川　なに!?
サラマンドラ　悪役が突然の年金生活、えー、うそー、でもちょっとそんな話に騙されてみようかな。プロレスってそういうことじゃないですか。そんなスレスレを商売にしてるんです。むしろプロレスレですよ。
明美姫　聞いちゃだめよ、丸め込まれるから、こいつの話に。
サラマンドラ　その東スポに書いてある他の記事と同じ、信じるか信じないかスレスレの商売、聞いてください、このスレスレ感。(記事を読んで)『遺伝子操作で、ついにピザの匂いを持つ犬が誕生。』どうです、信じます？　このスレスレのコトバ。
明美姫　信じ……られ……うる……ない。
サラマンドラ　そうでしょう、我々プロレスのマッチメイカーは、その信じられうるないストーリーを作って、人々に楽しんでいただいているんです。わかります？
グレイト今川　なるほど。
明美姫　だめよ、上手いこと言いくるめられてるわ。
グレイト今川　そうかな。
明美姫　この前もそうやって、ノブナガとの試合をさせられたんだから。
グレイト今川　そうだったな。

サラマンドラ　覆面を被ってください！　（土下座して）お願いします！　グレイト今川はもう引退して年金生活者になったんです。今川はリング界から消えたんです。

グレイト今川　じゃあ俺は誰？

サラマンドラ　あなたは覆面を被り、新たなレスラーの道を歩み始めてください。

明美姫　猿轡して！

サラマンドラは、「ウグエン！」「ウグ　エン！」と叫んでいる。やがて叫び疲れる。間。

グレイト今川、猿轡を取る。

グレイト今川　本当に覆面を被ったら、今度こそ俺は観客から愛されるレスラーになれるのか？

サラマンドラ　はい。覆面の下には優しい男が住んでいる。そんなストーリーです。

グレイト今川　そうか。

サラマンドラ　覚えておいてください。愛されるレスラーの第一声は、『何だこの飯は』です。

グレイト今川　『何だこの飯は』……。

再び、盆が回る。サラマンドラのみのこる。トレイを持ったカメレオンが現れる。

サラマンドラとカメレオン、二人、ノブナガが再び引きこもった扉の前で。（トレイ入れる）

サラマンドラ　頼むヘラクレス。
カメレオン　出て来い、ヘラクレス。（トレイ戻る）
サラマンドラ　今度はなんだ、何が原因なんだ？
カメレオン　わかりません。
サラマンドラ　折角、次の試合をメイキングしてきたのによ。
カメレオン　え？　相手は誰です。
サラマンドラ　わからない。
カメレオン　わからない？
サラマンドラ　覆面を被ってる。
カメレオン　そうか、次の試合かあ、（扉に）出て来い！　みんながお前と俺の出番をまってるんだぞー。
サラマンドラ　（扉に）しかも思い切ってやれるんだ、ストーリーもない、ガチンコだぞ。
カメレオン　え？　ガチンコ？　俺いやですよ、この前みたいの。
サラマンドラ　（カメレオンに）ガチンコのわけねえだろう。
カメレオン　（扉に）ガチンコだ！　もうプロレスから八百長は撲滅されたぞ！（トレイ入れる）

トレイが、扉の下から戻ってくる。

カメレオン　テーブルの上において、また様子を見ますか。
サラマンドラ　そうするか。

テーブルの上にトレイを置く。
そこにＴＶクルーが入ってきて、トレイ上の料理を食う。以前のようにがつがつしていない。カメレオン、しばらく、じいっと見ている。

カメレオン　誰？　おめえら。
サラマンドラ　バカ、何て口の利き方をするんだ。
カメレオン　え？
サラマンドラ　ケーブルＴＶコロボックルの皆さんだよ。
カメレオン　あ、この前の試合を放送してくれた。
サラマンドラ　ＪＨＮＤＤＴさん。
ＪＨＮＤＤＴ　ＪＨＮＤＤＴです。
ＡＤ　ＡＤです。
Ｄ　Ｄです。
サラマンドラ　素晴らしいカメラアングルでした。まるで隠し撮りでもしているみたいな。
カメレオン　でもまさか、ノブナガがあんな真似してかえって人気が出るなんて、思いもよらなかったなあ。

サラマンドラ　それもこれも、ライブ実況をしていただいたおかげです。
D　（偉そうに）いや、暴力だよ。人は暴力を見るのが好きなんだよ。
JHNDDT　何バカなことを言ってるの？
D　え？　でもユダヤ人の社長が……。
JHNDDT　そんなこと言ってないわよ。たまたま暴力的に見えたかもしれないけれど、ああした暴力には口実が……じゃない、理由があるのよ。暴力を揮わざるをえなかった理由が。
カメレオン　じゃあ、ノブナガはなんであんなひどいことをしたんですか？　俺、横にいて意味わかんなかったもん。
サラマンドラ　なんで？
AD　難しいですね。
JHNDDT　難しいわよ、もともと暴力に理由はないんだから。（Dを理由なく、ひっぱたく）お前に生きる理由がないのと同じだよ。
D　（JHNDDTをにらんで）俺、ちょっと思いついた。
JHNDDT　へえ、思いついたんだ。
D　いやいい。
JHNDDT　言いなさいよ。
D　いい。
JHNDDT　言いなさい！
D　もしもあのノブナガが、俺の大好きな信長だったとしたら。

AD　乱暴者だけれどもこの世を変える信長だったとしたら？

D　あの時、今川にアジア人の悪口をひどく言われたじゃない？　だからノブナガがアジアのために暴力を揮ったっていうのはどうかな。

AD　何んでアジアが関係あるんですか。

D　我々はアジア人じゃないか。

AD　アジア人？……そう言えば。

D　行き過ぎて暴力を揮ったことは反省している。でも、あのアジア人への（JHNDDTの背後で）言葉の暴力が我慢ならなかった。特にハローキティの件りが。

サラマンドラ　いい……んじゃない？

カメレオン　なんか、感動しましたよ。

AD　いいですよ、ディレクター、すごく。

JHNDDT　（Dと目が会う）

D　いや、ごめん、よくない、たいしたことないよ。

JHNDDT　なんかいいのよ、それが腹立つのよ。うじうじと自信なさそうに、ちゃんとしたことをいうのが気に入らないのよ。

AD　でもまあ、じゃあ、ノブナガは前回、全アジア人へのコトバの暴力に対して闘った。ということで。

JHNDDT　（Dをひっぱたく）ということでって何よ、闘ったのよ、コトバの暴力に対して、だから実況放送したのよ。

ＡＤ　はい、そうでした。でも次の試合は何の為に闘うのでしょう。

　みんなで、偶然カメレオンを見る。

カメレオン　なんです？
サラマンドラ　あ、これ。
カメレオン　（困る）俺、筋肉をいじめてきまあす。（一人トレーニングマシンへ）
サラマンドラ　次の試合の決め台詞だ、覚えておけ。
カメレオン　『だったら、少しはお金を入れて下さい』。
Ｄ　こういうのはどうかな、（ＪＨＮＤＤＴの後ろに回り、こぶしをふりあげながら）これからは、コトバだけではない、世の中に氾濫するすべての暴力のために、ノブナガは闘う。
ＪＨＮＤＤＴ　こういうのはどうかしら、これからは、コトバだけではない、世の中に氾濫するすべての暴力のために、ノブナガは闘う。
Ｄ　え？
ＪＨＮＤＤＴ　どう思う？
Ｄ　すごくいいと思う。（サラマンドラに）暴力追放キャンペーンとして、次の試合をしてもらえますか？
ＡＤ　少し、歯が浮く感じがしません？
ＪＨＮＤＤＴ　歯が浮くくらいのコトバが、世の中の奴らにはちょうどいいんだよ。

サラマンドラ　でも所詮、プロレスですからねえ、どうやって、世の中の暴力と。
AD　暴力を懲らしめるための暴力と。
サラマンドラ　その違いをどうやってリング上で見せるんです？
AD　難しいな。
JHNDDT　難しいわよ、もともと暴力に違いはないいんだから。（Dをひっぱたく）
カメレオン　（遠くで筋肉を鍛えながら）『だったら少しはお金を入れてください！』。
D　俺、ちょっと思いついた。
JHNDDT　また!?
D　いや間違いだった。
JHNDDT　いいなさいよ。
D　いや。
JHNDDT　言いなさい！
D　実況を利用するのはどうかな。（JHNDDTの後ろに回り、こぶしをふりあげながら）実況放送する中で、この暴力は悪くないいんだってしっかりと説明をするというのは。
JHNDDT　どう？　こういうのは。実況放送する中で、この暴力は悪くはないと説明するの。
D　……。
JHNDDT　何よ。
D　いや。
JHNDDT　どう思うの、お前は。

D　すごくいいアイデアだと思う。
カメレオン　（筋肉を鍛えながら）『だったら少しはお金を入れてください！』。
AD　只問題はです。
JHNDDT　なに。
AD　その実況するコロボックルも引きこもってしまったということです。

皆、リング下を見つめる。

AD　コロボックルさあん！
カメレオン　（筋肉を鍛えながら）『だったら少しはお金を入れてください！』。
AD　コロボックルさあん！
カメレオン　（筋肉を鍛えながら）『だったら少しはお金を入れてください！』。

うんともすんとも言わない。

AD　死んでるんじゃないですか？　コロボックルは、寂しさのあまり死んじゃうっていうから。
D　（すっかり調子づいている）ま、引きこもりは今に始まったことじゃない。昔話にもある。荒ぶる神の暴力に辟易して、天岩戸に女神が引きこもる（ノブナガの扉に寄りかかり）けれど、暴力を揮った荒ぶる神までもが引きこもっているところに、現代性があるわけだよね。

激しい勢いで、ノブナガの扉が開く。D、吹っ飛ぶ。
と、ノブナガが現れる。ノブナガ、トレイを手にして、リングの下に入れる。
が、トレイは戻ってくる。
もう一度入れる、戻ってくる。

ノブナガ たとえリングの上での八百長が撲滅されても、リングの下は八百長だらけ。コロボックルが言ったことは正しい。もはや僕はリングの下でも八百長をしない。だから表に出てきてくれ。
タマシイの声 （リング下から）信じるものか！ 出て行ったら手錠をはめられる。でなけりゃ、結婚するから金を払えってはめられる、どの道この世の鋳型にはめられるんだ。
ノブナガ 無料で結婚する。
タマシイの声 でも愛はないでしょう。
ノブナガ すぐには無理だ。ぼちぼちだ。
タマシイの声 そんな愛は変だ。
ノブナガ 変じゃない。
タマシイの声 リング上であんなひどい暴力を揮った男の言葉なんて信じられるものか。
ノブナガ あれは暴力じゃない。
タマシイの声 じゃあ何、あなたが揮った力は？

ノブナガ　あの日、今川を襲撃しようと、俺はリングサイドに身を潜めた。そのリングサイドの観客席はアジア人が犇く一角だった。殴りあうような音のコトバが飛び交い、いかがわしい臭いがした。そのリング下に身をおくと、茜さす空、夕月に、吠える野犬のような気持ちになった。アジア人でいることは、なんて淋しいことだろう。そんな心持の折も折、あの今川のアジアへの暴言が聞こえてきたんだ。

JHNDDT
AD
D
　え!?

ノブナガ　行き過ぎたことは反省している。だが僕はアジア人への言葉の暴力が許せなかった。

D　ノブナガは俺が思っていた通りの信長だったんだ。

AD　乱暴者だがこの世を変える？

JHNDDT　純情だわ、まっすぐな子だわ。

　ノブナガに歩み寄るＪＨＮＤＤＴ。

JHNDDT　コトバの暴力が許せなかったのね。

ノブナガ　誰ですか？

JHNDDT　あんた説明して。

D　ええー、われわれは、その昔、暴力を反省した荒ぶる神が、ヤマタノオロチを退治した、あの昔話にならって、世界中にはびこる暴力を、荒ぶる力によって退治しようという、力には力、ヤマタノオロチキャンペーンを展開しています。

ＪＨＮＤＤＴ　おまえが言うと歯が浮いて聞こえる。

Ｄ　（ＪＨＮＤＤＴに）でも歯が浮くくらいの言葉が、世の中の奴らにはちょうどいいって、おまえが……。

ノブナガ　え？

ノブナガ、何かに気づく。
Ｄに近づき、Ｄの顔を見る。
サラマンドラに近づき、サラマンドラの顔を見る。
カメレオンに近づき、カメレオンの顔を見る。
そして、ＪＨＮＤＤＴに近づく。

ＪＨＮＤＤＴ　（ノブナガに向かって）ヤマタノオロチキャンペーンに協力願えますか？

ノブナガ　俺の力が役立つのなら、すべての暴力と闘う。

ＪＨＮＤＤＴ　この子が言うと歯が浮かない。

再びリング下に、ノブナガ、トレイを入れる。

ノブナガ　君が人類監察官なら、これから使う俺の力を監視しろ。

と、沢山のトレイがリング下から返ってくる。

ノブナガ　君が勇気を持って出てくることで、リング下にすむ無数のコロボックルが出て来られるんだ。僕はコロボックルを信じ、未来を信じ、あなたの父を信じよう。だから表に出て来いコロボックル。

リング下に向かって、手を出すノブナガ。
すると、リング下から一本の手が出てくる。
ノブナガ、その手を取る。
その手がぐいっとばかりに引っ張られる。

ノブナガ　うわっ！

その途端に、リング下から覆面をした無数のレスラー達が現れて、ノブナガを、リング上に弾いて、激しい攻撃を加える。
ゴングが鳴り、試合が始まる。

カメレオン　なんだ、あの覆面した奴ら。
サラマンドラ　言った通り。今度の敵には顔がない。
カメレオン　え？　じゃあ、あいつらが俺たちの今日の相手？
サラマンドラ　もうゴングが鳴った。
カメレオン　本当にガチンコじゃないんですよね。
サラマンドラ　大丈夫、この試合もおれがマッチメイキングしている。

リングの上に上がるカメレオン、ノブナガとタッグを組む。二人に覆面レスラーが襲い掛かる。
そのリング上の騒ぎを受けて、リングの下から、タマシイが現れる。
リング上、フリーズする。

タマシイ　どうしたの？　何が始まったの？
JHNDDT　さあ早く実況を始めて。
タマシイ　え？
JHNDDT　これをつけて。（と、またマイクをつけようとする）
タマシイ　騙されるものか、おまえたちはコロボックルじゃない。
JHNDDT　何言ってるの？　あたしよ。
タマシイ　あたし？

JHNDDT　コロボックルよ。
タマシイ　え？……ううん、信じないわ。
JHNDDT　あー、わかった。私達に化けたあいつらに騙されたのね。あたし達が向こうへ行っている間にあいつらが現れたのね。
タマシイ　あいつら？
JHNDDT　あなたの父さんに言われたでしょ。コロボックルに化けた人類に気をつけろって。
タマシイ　ええ、じゃあ……本当に？
JHNDDT　（マイクをつけながら）いいこと、あなたは長官に昇格したのよ。この前の実況のおかげで。
タマシイ　長官？
JHNDDT　人類監察長官になりました。
タマシイ　なんのために？
JHNDDT　あんた説明して。
D　ええと……。
タマシイ　そう、そうなのね！　人類が持つ正しい力と正しくない力を見極めるためね、父さんが言ってた。
D　そう、どちらが暴力で、どちらが暴力でないのかを実況放送してください。
タマシイ　わかっています。あたしちょっと、やさぐれて弱気になっていました。でももう大丈夫、また頑張ります。父からの遺産をふんだんに使って、すでに始まっている闘いを実況します。

タマシイ、実況席につく。
リング上のフリーズが解けて。

タマシイ　……さあ、覆面を被った荒くれ者たちが、ノブナガを襲ってきたぞ。その覆面姿はノブナガを苦しめた伊賀忍者さながらのゲリラぶり。ノブナガ、ピンチだ。ノブナガ、ピンチだ。正義が気絶した。と、その間に、覆面レスラー達、いきなり、何を始める？　襖か？　襖をあけて、つかつかとやってきて、いきなりカメレオンを平手打ちだ。そして、何かを叫んでいるぞ。
ＪＨＮＤＤＴ　よく聞こえないわ、リングに近づいて。
タマシイ　ロープの中へ入れません。
ＪＨＮＤＤＴ　だったら暴力の現場に聞くのよ。
タマシイ　はい、暴力の現場にいるレフリーさん、レフリーさん。
サラマンドラ　はい、現場のレフリーです。
タマシイ　平手打ちしながら、なんと叫んでいますか？
サラマンドラ　はい、早速マイクを向けてみます、第一声をお願いします。
覆面レスラーＧ　何だ、この飯は！
サラマンドラ　「何だこの飯は！」と言っています。

覆面レスラーG　何だ、この飯は！
カメレオン　（マイクを向けられて）え？　（サラマンドラに）なんて返せばいいんだ？
サラマンドラ　決め台詞だ。
覆面レスラーG　何だ、この飯は！
カメレオン　だったら少しは、お金をいれてください。
覆面レスラーG　なに？
カメレオン　遊びにばかり金を使ってさ。
覆面レスラーG　俺が稼いだ金を俺が使ってどこが悪い。
カメレオン　ごめんなさい、あたしそういうつもりで。
覆面レスラーG　そういうつもりなんだよ！
タマシイ　さあ、髪の毛をむんずとつかんで、柱に叩きつけた、そして続けざまに、これは激しい、激しい暴力だ。
サラマンドラ　一言お願いします。
覆面レスラーG　子育てに疲れた。
サラマンドラ　現場からは以上です。
タマシイ　どうやらこれは、ドメスティックだ、ドメスティックバイオレンスだ、あ！　そこへ気を失っていたノブナガが起き上がってきた、後ろから、お、覆面をあべこべに目隠しをさせて、なんと言えばいいのか、アンチ・ドメスティックバイオレンス。したたかに打撃をくわえています！　現場のレフリーさん。

サラマンドラ　はい現場です。
タマシイ　ノブナガはなんと言っていますか？
サラマンドラ　（マイクを向ける）
ノブナガ　……。
サラマンドラ　無言です。
タマシイ　しかし私には聞こえてきます。正義は我らに有り。正義は我らに有り。そんな魂の叫びが聞こえてきます。
JHNDDT　これは正しい暴力ですね。
タマシイ　はい、これは正当防衛。正しい暴力です。
JHNDDT　（ADに）どう視聴率は。
AD　火星人の視力に届きました。
JHNDDT　20・0ね。
D　ユダヤ人の社長から電話だよ。
JHNDDT　はい、はい、ええ、悪くはない？　そう伝えます。（電話を切る）
D　悪くはないってどういうことだ？
JHNDDT　もっと見たいと言うことよ。
D　え？　もういいよ。
JHNDDT　火星の次は、金星よ。金星人の視力を目指すの。
D　金星人の視力って？

ＪＨＮＤＤＴ　50・0よ。
タマシイ　さあ、アンチ・ドメスティックバイオレンス攻撃をうけて、覆面レスラー反撃に出ました。いきなりノブナガに、椅子で殴りかかった。ノブナガふたたび気絶だ、人類の正義が気絶したぞ。その間に、再び正しくない暴力が、鎌首をもたげた。そのままその椅子で窓ガラスを割り、消火器で壁の時計を叩き割った。現場のレフリーがコーナーをさして何か言ってるぞ。
サラマンドラ　（コーナーをさして）君達、教室に戻りなさい。
覆面レスラーＮ　（覆面レスラーサイドから）えこひいきしてんじゃねえよ！
明美姫　（同じく）先公ゆるせねえ。
カメレオン　（ノブナガサイドから現れて、場外の明美姫らに）今はいいよ、今は若いから許されるつもりでいるかもしれない。でも、結婚して子供とか作ってから、「あのころは、やんちゃやっちゃいました」の一言で、逃げるのはやめなさい。
覆面レスラーＧ　うぜえんだよ！
タマシイ　さあ、覆面レスラー達の暴走が始まった。

覆面レスラー達、一斉に、カメレオンを蹴り上げる。

タマシイ　これもまた激しい暴力だ。正義の仲間がやられているぞ。さあどうする。正義はまだ気絶しているのか、お、ノブナガが、タックルした、そして一旦ロープの外へ逃げ込んだ。
カメレオン　ロープ！　ロープ！
ロープ

タマシイ　カメレオンも、這い蹲り場外へ逃げようとしていますが逃げ切れません。場外から正義の手を差し伸べるノブナガ。正義が……届かない！　どうする、ノブナガ、お、なんと、ノブナガ、空気銃を持ち出した。さすが、進取の気性に富んだノブナガ、闘い方を変えました。ロープの外からの攻撃、アンチ・ボウリング・フォー・コロンバイン攻撃です。

空気銃で撃たれる覆面レスラー達、たまらずリングの外へ転がり落ちる。

JHNDDT　どうでしょう、これも正しい暴力でしょうか。
タマシイ　これとて味方を救う為の暴力。やむをえません。
AD　すごいです。空気銃を使った瞬間に、視聴率が跳ね上がりました。
JHNDDT　いくつ？
AD　50・0、金星人の視力に届きました。
D　ユダヤ人の社長から電話だ。(電話を渡す)
JHNDDT　はい、はい、わかりました。吝《やぶさ》かではない？
D　吝かではないって、どういうことだ？
JHNDDT　金星の先を見るのに吝かではないっていうことよ。
D　もうやめよう、冥王星に届いた頃には、その星は星と呼ばれなくなっているかもしれない。人は気まぐれだから。
JHNDDT　今更、あとにひけるわけないでしょう。

ＡＤ　そうですよ、ディレクター！　もう誰もが、この暴力がどこまで行くのか、見たがっているんです。僕でさえもうこの先が見たいんです。

Ｄ　え？

覆面レスラー達、防毒マスクを被り、リングに駆け上がり、すぐさま、リング下にいるノブナガたちに霧状のものを撒く。

タマシイ　さあ、空気銃の攻撃を受けて、顔のないレスラー達の報復だ。リングに上がって、何か撒いた、そして何か叫んでいる！

覆面レスラーＧ　汚ねえ真似をしたおめえらの真似をすると汚ねえ！

タマシイ　もっともな理屈だ。どうやらこれは、毒ガスだ、大量に散布されているぞ。

カメレオン、たまらず、リングの上に上がりのたうち回っている。

タマシイ　さあ仲間がやられている、正義の仲間がやられている。ノブナガどうする、あ、何の音だ、この耳を劈《つんざ》く音、爆弾の音か？　正義は早くもそんなものを落とすのか？

Ｄ　何を言ってるんだ、そんな音聞こえないぞ。

タマシイ　え？　聞こえませんか？　大地が震えている、木々が裂けた。ヘリコプターがこちらへ向かってきた。ヘリコプターがこちらへ向かってきた。ヘリコプターが！

JHNDDT　何言ってるの？
タマシイ　え？
JHNDDT　しっかりとリングを見て実況するのよ。
タマシイ　……もうやめましょう。
D　そうだ、撤退だ。撤退しよう。
JHNDDT　何を言い出すの？
タマシイ　あの暴れ始めた「力」を実況しているつもりが、ただただ煽っている気がしてきた。
JHNDDT　あなた、コロボックルでしょ。
タマシイ　はい。でもなんだか、だんだん、ひどいことになっている。
AD　あの「力」の正しさを見分けることができるのは君だけだ。
タマシイ　え？　そうなんですか？
JHNDDT　そうよ、あなたの言葉で、この人類の「力」の手綱を取らなければ、もっととんでもないことになるのよ。
タマシイ　そうかもしれない。
JHNDDT　誇りを持って。この闘いが正しい所へ向かうか否かはコロボックルの実況にかかっているの。
D　そんな歯の浮いた言葉に乗せられちゃ……。
JHNDDT　うるさい！
AD　うるさい！

タマシイ　はい頑張ります。お水を一杯。
D　あなたの言葉がこの馬鹿げた格闘を……。
JHNDDT　余計なことを……！
AD　余計なことを言うんじゃない！　ディレクター！　あんたが弱腰でどうする！　リング上も闘いだが我々も闘いだ！

リング上では、覆面レスラーGと明美姫が、レフリーのサラマンドラをコーナーポストに追い詰めて。

覆面レスラーG　覆面を被ったら愛されるって言ったよな、こいつ。
明美姫　言ったわ。
覆面レスラーG　俺は愛されてるか？
サラマンドラ　そうなることができなくて、とても、後ろめたい気分です。
覆面レスラーG　どのくらい、うしろめたい。
サラマンドラ　朝帰りの、出勤していく人間と逆方向に歩いている時、くらいの後ろめたさです。
覆面レスラーG　そのていどか！

覆面レスラーすべてで、サラマンドラにキックをする。みな、リング下に転がり落ちる。
サラマンドラの携帯電話が鳴る。

サラマンドラ　はい、はい……はい。
覆面レスラーN　こんな時に電話に出るんじゃねえ！
サラマンドラ　あのう……テロリストに代われと。
覆面レスラーG　誰がテロリストだと？
サラマンドラ　はい、代わりに伝えます。
明美姫　相手は誰なの？
サラマンドラ　あんたに覆面を被らせろと言った方です。
明美姫　あんたのアイデアじゃないの？　誰がマッチメーカーなの？
サラマンドラ　この電話の向こうにいます。
覆面レスラーG　誰だ。
サラマンドラ　ユダヤ人の社長です、（電話に）はい、はい、テロリスト？　隣にいます。
覆面レスラーG　ふざけた呼び方をするな！
サラマンドラ　そう呼ばれたくなかったら？　その覆面を別の誰かに被せろ？　そいつをテロリストにしてしまえ？
覆面レスラーG　どういうことだ？
サラマンドラ　それからその新しいテロリストを退治しろ？　そうすればお前の顔は一躍、ベビーフェイス。
覆面レスラーG　いいストーリーだ。

ロープ

明美姫　だめよ、また口車に乗せられているわ。
覆面レスラーG　いやその口車、今日はこいつに運転させる。
サラマンドラ　どういうことです？
覆面レスラーG　お前に、覆面を被らせる。

サラマンドラに覆面を被せて、リングに引きずりあげる。

タマシイ　さあ、しばしのクリスマス休戦の後、リングの上で人類は何を始める。現場のレフリーさん？　レフリーさん？
サラマンドラ　とうとう、私に向かってきました。
タマシイ　大丈夫ですか？
サラマンドラ　暴力の現場は大混乱です。
タマシイ　暴力の現場に、もはやレフリーも巻き込まれています。さあ、ただふらふらしていていいのかノブナガ。レフリーを救いにはいかないのか。危うい正義の判断能力。

サラマンドラ、暴力に耐えかねて毒ガスを撒く。

サラマンドラ　（逆上して）ぎゃあー。
タマシイ　あろうことか、レフリーが、毒ガスを撒いた。たまらず誰も彼もが覆面を被っています。もはや、私の目にはすべてがテロリストです。誰の暴力が正しいのでしょう。実況困難です。覆面レスラーが覆面レスラーを蹴っている。蹴られては蹴り返し蹴っては蹴り返される。やられてはやりかえし、やってはやりかえされる。けれども、中の顔はわからない。苦しんでいるのか、痛んでいるのか、人間の顔が見えない！

リング上の人々、フリーズ。

D （電話を受けている）はい、はい、はい。
JHNDDT なんだって、ユダヤ人の社長。
D 怒ってるよ。
JHNDDT どうして。
D マンネリを越えろって。
AD マンネリを越えるって、どういうことでしょう？
JHNDDT 金星人の視力を越えろってことよ。
AD 確かに数字は、50・0より上がりません。
JHNDDT こんなにも暴力をみせているのに、あとの50・0はどこにいるの？
D 美術館に行ってるんじゃないかな。
JHNDDT そいつら、どういう人間よ。
D 理性を持った人間だよ。まだ半分の人間には理性があるんだ。『もう撤退しよう、暴力の現場から』半分の理性がそう言っているんだ。

JHNDDT　そう、わかった。金星を越えるにはどうすればいいか。

AD　どうするんです。

JHNDDT　理性を越えるのよ。

AD　え？

JHNDDT　被りなさい。

D　え？

JHNDDT　被れ！

D　ああ。(言われたままに覆面を被る)

JHNDDT　理性に覆面をさせてリングにあげればいいのよ。

D　え？

フリーズしていたレスラー達の、バトルロワイヤルさながらの報復合戦が再開する。こちら側へ必死で逃げてくるサラマンドラ。ロープを使って転げ落ちる。偶然、サラマンドラ、Dの手をつかむ。反転した拍子に、その力が、Dをリングに跳ね上げる。

Dは覆面をしているので、覆面レスラーたちは、サラマンドラとDが入れ替わったのに気がつかず、Dを捕まえる。D、その暴行の現場へ引きずり込まれる。そこから逃げ出しては、こちら側へ戻ってくる。しかし、捕らえられては引きずり込まれる。その繰り返し、その間に、タマシイの実況は続く。

タマシイ　腹を蹴った！　蹴る腹はあるぞ。顔は無くとも蹴る腹はあるぞ覆面レスラー。また蹴った。代わる代わる蹴っている。速射砲の攻撃。ミサイルキックから抱えあげての原爆落とし。地球を五千回ぶっとばすこともできそうな人類の所業。たけり狂う人類の力、どこへ行くのでしょう。この暴力。何の音？　ヘリコプターだわ、ヘリコプターの音だわ！

空気銃が一発、撃たれる。
覆面レスラーたち、すべてリングの上から、恐ろしさのあまりリングサイドに転がり落ちる。
その人々の荒々しい呼吸だけが聞こえてくる。やがて、静寂。こちら側のリング下、覆面を被った二人が覆面を取ると、ノブナガとカメレオン。

ノブナガ　今の空気銃の音、変じゃなかったか？
カメレオン　え？
ノブナガ　実弾が入っていた。誰が入れたんだ。
カメレオン　俺じゃない。
ノブナガ　ふうん。
カメレオン　誰が撃ったんだ。今の空気銃。

ノブナガ　俺じゃない。

いつしか、ロープは鉄条網に変わり、リング下は戦場の塹壕のようになっている。
電話が鳴る。カメレオンとノブナガ、一斉に取る。

ノブナガ　はい、はい、うちました空気銃。
カメレオン　はい、はい、入れました実弾。
ノブナガ　え？　お前が入れたのか。
カメレオン　お前が撃ったのか。
タマシイ　誰と話してるの？　あなたたち。
ノブナガ　（電話を切って）小便小僧。
カメレオン　（電話を切って）クリスティーナ・アギレラ。
タマシイ　正直に言って。こう見えても昔はあなた達の妻なんだから。誰と話していたの？
ノブナガ
カメレオン　｝ユダヤ人の社長だ。
カメレオン　え？　じゃあ、ノブナガお前も。
ノブナガ　なに。
カメレオン　八百長……？
ノブナガ　当たり前だろう、俺はプロレスラーだぞ。

カメレオン　いつから？
ノブナガ　いつからって、どういうことだ。
カメレオン　引きこもる前？　それとも引きこもってから？
ノブナガ　俺はガチンコなんて一度もしたことがない。お前と同じ、八百長しかしたことがない。
ただ、俺の役が、八百長が嫌いなレスラーだっただけだ。
カメレオン　じゃあ。誰よりも早くお前の所に電話があったのか？　ユダヤ人の社長から。
タマシイ　じゃあ、アジア人の話も？
ノブナガ　なんだっけ。
タマシイ　少しくらい感じたんでしょう？　夕月に吠えるアジア人の淋しさとか。
ノブナガ　どうかな。
タマシイ　じゃあ、あなたは青年の純情さえも演じていたの？
ノブナガ　ああ、ノブナガって名前もそれでつけられた。
カメレオン　お前、ノブナガじゃないの？
ノブナガ　本名はイエヤスだ。

リング上を誰かが走る。
銃声の音。

ノブナガ　誰だ。誰が撃っているんだ？

カメレオン　みんながみんな、八百長をしているのに、なんでこんなひどいことになってるんだ？
ノブナガ　誰もがなんで闘っているのかなんて、わかっていない。
タマシイ　じゃあ何故闘うの？
ノブナガ　あいつらが敵だからだ。
タマシイ　敵って？
ノブナガ　死んでもいい人間のことだよ。ユダヤ人の社長が言ってた。
タマシイ　死んでもいい人間って。
ノブナガ　顔のない人間の事だ。
タマシイ　えっ？
ノブナガ　そこで誰かが死んでいても顔さえわからなければ酷いことをした気がしない。ユダヤ人の社長が言ってた。
カメレオン　もうやめたいな。
ノブナガ　きっと前線にいる奴らは、敵でさえも今、そう思っている。
カメレオン　もうやめよーって声を出せば、やめられそうな距離だ。おーい！
向こうからの声　おーい！
ノブナガ
カメレオン｝やめてえなあ！
向こうからの声　やめてえなあ！

両者、立ち上がる、激しい空気銃の音。

カメレオン　実弾がはいってるよー。
ノブナガ　お前が入れたからだ。
カメレオン　お前が撃ったからだ。これプロレスだろう、プロレスだぞ。
タマシイ　さっきまではね。
ノブナガ　こんなことってあるか、この戦いは仕組まれているって誰もが知っているのに、最前線にいる俺たちだけは、ガチンコでやるしかないって。
タマシイ　だってそれが戦場だもの。

リングの上を、誰かが走る。銃声の音。

ノブナガ　誰かが撃っている。リングサイドから。
カメレオン　俺達の知らないストーリーがこの戦いに紛れ込んでいるんだ。
ノブナガ　え？……なあ、おまえのストーリーは何なんだ？
タマシイ　なにが？
ノブナガ　初めて会った時、「プロレスって、なんでわざとらしいの？」って言っただろう。
タマシイ　言ったわ。

ノブナガ　あれ、そういう意味だったんだよな。
タマシイ　そういう意味って？
ノブナガ　だから、始めるよって意味。俺、ぴんと来たんだ。ああ、この奇妙なストーカーに見える女は、俺のストーリーを助ける為の奴だって。
タマシイ　え？　どういうこと？
ノブナガ　それで決めたんだ。よし、俺は八百長が信じられない純情なレスラーだって。え？　違うのか。
タマシイ　違うよ。
ノブナガ　じゃ、どんなストーリーなんだ、お前のは。
タマシイ　どんなストーリーって？
ノブナガ　だから、偽装結婚を信じられないストーカーのファン。あのストーリーはわかった。実に巧妙だった。だから、俺はまた引きこもって考えた。よし俺も、そのストーリーに乗っかってみようって。
タマシイ　え？　じゃあ、あれはみんな芝居なの？
ノブナガ　芝居とは違う。俺たちはレスラーなんだ。人様の目にさらされていると感じた時はレスラーをやっているんだ。
タマシイ　レスラーをやってる？
ノブナガ　ああ、ずっとやり続ける。日常にさめることがない。日常でさえもレスラーさ。でなけりゃ誰がリングをおりてまで伊勢丹の前で乱闘をする？　ジョニ黒一本ラッパのみして見せ

て、グラスを割ってバリバリ食う？　口から本物の血を流しているんだ。でもタラリーンとし
か聞こえない。それでいい。それがレスラーだ。俺は、本物の血と痛みを見せつける。そう言
ったそばから、嘘になる。それがプロレスだ。
タマシイ　あたし全然わからないよ。あなたが言っている意味が。
ノブナガ　だからユダヤ人の社長に、何て言われたんだ？　おまえのストーリーは何なんだ？
タマシイ　知らないよ、そんな人。
ノブナガ　知らない？
タマシイ　知らないよ。
ノブナガ　……お前、どこから来たんだ？
タマシイ　だからミライって言ってるじゃない。
ノブナガ　どうせお前にも、ユダヤ人の社長から電話が来るさ。そして、これまでのことありが
とうって言われる。そして今までやったすべてのことが八百長になる。なかったことになる。
お前がミライから来たなんてこともな。
タマシイ　そして、言われたとおりに、あなたは、まだ青年の純情を演じるの？
ノブナガ　それがレスラーだ。
タマシイ　父さんが言った。青年の純情は単純だ。単純は愚鈍。愚鈍は鈍感。
ノブナガ　鈍感？
タマシイ　やがて血の色が見えなくなり、死体の悪臭も臭わなくなった。俺はそんな青年だった。
ノブナガ　え？

タマシイ、立ち上がりロープをくぐり、リングの中へ入っていく。

カメレオン　危ないぞ、出て行くな！

タマシイ　見えないの？　ここで流れている血、臭わないの？　この死体。

見れば、リング上に覆面をしたままの一つの死体が転がっている。

ノブナガ　え？　（恐る恐る近づく）うわー！　リングの上で誰か死んでいるぞ。

カメレオン　誰だよ、そいつ誰？

ノブナガ　顔が見えない。

タマシイ　頭の半分が吹き飛んで、脳みそが零れ落ちています。濃いピンク色です。しわのある大きな卵の黄身、そこで再び現場の声です。

ノブナガ　自分があんな目にあうくらいなら。

タマシイ　どうするの？

カメレオン　殺す。

ノブナガ　これはプロレスだ。演じきれば助かるんだ、この八百長を演じきるんだ！　そうすれば、ゴングが鳴って終わる！　タッグを組め！

カメレオン　こわい、こわい、いやだ、ノブナガ。

ノブナガ　俺達は勇士だ！
覆面レスラーたち　（リングの向う側から姿を見せずに）俺達も勇士だ！
ノブナガ　俺達は不死身だ！
覆面レスラーたち　俺達も不死身だ！
ノブナガ　俺達は歴史に残るレスラーになるんだ！
タマシイ　ありがとうございます。追い詰められた青年の声でした。現場からは以上です。

リングサイドの向こう側で。

覆面レスラーG　お前、あのレフリーをやっちゃったのか。
覆面レスラーN　俺やってません！　俺やってません！
サラマンドラ　俺、やられてません。
覆面レスラーG
覆面レスラーN　｝え!?
明美姫
覆面レスラーG　じゃあ誰だ？　あそこに転がってる奴。
明美姫　覆面を被ってるからわからない。
サラマンドラ　誰かが本気だ。誰かがガチンコでやっているんだ。

実況していたTVクルー。

AD　うわあ、跳ね上がった。金星が理性を超えました。

JHNDDT　95・0？

AD　誰もが、ライブの人殺しを待っていたんですね。

JHNDDT　でもまだ95・0よ。まだいるのよ、美術館へいっている奴が。（電話に）はい、はい、次の試合がみたい？

AD　これ以上、何を見せればいいんです？

JHNDDT　人殺し以上のものって。

間。

タマシイ　戦争よ。

JHNDDT　え？

タマシイ、死体のそばの携帯電話を拾う。

タマシイ　（電話の向こうに）これまでのことありがとう？　ごめんなさい。あたしは、人類のように言いなりにはなりません。あった事をなかったことにはできません……聞いているのはわかっている。じっと息を殺して、顔さえ見せぬあなたが見たがっているもの。そうね、戦争を見せればいいのね、リアルタイムで。

AD　そんなことできるわけがない。

タマシイ　人類の望みはそんなことだったの？　コロボックルはもうためらいません。この鉄条網が張られている限り、この中では何でもできる。この中では、何が起こってもいい……さあやるわ。さあ、始めるわ。

AD　人が変わったみたいだ。

タマシイ　ええ、あたし向こうへ行ってきましたから。聞こえません？　ヘリコプターの音。

音が徐々に近づいた時、鉄条網の下から、入国管理局ボラが転がり込んで、タマシイの足をつかむ。

リング下に転がる二人、ヘリコプターの音は小さく聞こえ続ける。

入国管理局ボラ　今日はもらい泣きをするために戻ってきました。但しボランティアですが。

タマシイ　何しに来たの？

入国管理局ボラ　何しに来たのはないでしょう、こんな危険な所まで戻ってきた私に。

タマシイ　戻ってこなくて良かったのよ。

入国管理局ボラ　新大久保の病院を走り回ってきたんです。

タマシイ　病院？

入国管理局ボラ　お前の父親が死んだと言う病院。
タマシイ　何を調べているの？
入国管理局ボラ　なかった話をあったように話してもらっては困るから。
タマシイ　私、父さんから聞いた話をしているだけよ。
入国管理局ボラ　そう、その通り。私は驚いた、お前は本当にミライからやってきていたんだ。
タマシイ　そうよ、父さんがそう言っていたもの。
入国管理局ボラ　小さなベトナムの村。
タマシイ　え？
入国管理局ボラ　それがミライ。ミライという名のベトナムの村、天気のいい朝に、たった四時間で滅びた村。その日、お前の父親は逃げてきた。もう、三十年以上も前のことだ。
タマシイ　じゃあコロボックルは嘘？　父さんはベトナム人だったの？
入国管理局ボラ　あたしもそう思った。そして、新大久保界隈の病院を隈なく探した。近頃死んだベトナム人を。三十年以上も不法滞在した男を。国籍もない。名前もない。生きた形跡すらない男を。
タマシイ　生きていたわ。父さんはいたわ。
入国管理局ボラ　いた。確かにいた、けれどもそいつはベトナム人じゃなかった。
タマシイ　誰だったの？　私の父親は。
入国管理局ボラ　戦場の引きこもりだ。しかもお前と血も繫がっていない。後はお前が実況できる。

タマシイ　え？

　ヘリコプターの音が、いよいよ大きく近づいてくる。
　ミライの村の景色に変わって行く。

タマシイ　春まだ浅き日の早朝だ。ミライの村には数羽の鶏が、遅めの時の声を作り、釈迦頭の木の葉には朝露が置かれ、アジアの田園の安穏いかばかり、この緑の村に、突如耳をつんざく音だ、大地が震えている。木々が裂けた。何が現れた!?　ヘリコプターです。この会場に、待ちに待った、二機のヘリコプターが、リング上に舞い降りてきました！

　ノブナガとカメレオンがリングの上に現れる。
　リングの下からは、無数のベトナム人が現れる。リングを飛び越え、リングの向こう側で、覆面レスラーたちに紛れてこちらを窺う。

タマシイ　舞い降りてきたのは、恐怖にたけり狂ったノブナガたちです！
ノブナガ　俺達は勇士だ！
カメレオン　俺達は不死身だ！
ノブナガ　俺達は歴史に残るレスラーになるんだ！
カメレオン　覆面を被った奴らは皆殺しだ！

明美姫　あいつらには、私達の顔が同じに見えているのよ！
覆面レスラーG　見てくれ！　見てくれ！　俺の顔を。俺には顔がある。顔があるんだ。
覆面レスラーN　飛び出すな！

ベトナム人が逃げ惑い、走り、再び隠れ身を潜める。

タマシイ　さあ飛び出した、八人家族すべてが道に飛び出し。あ、一斉射撃だ。ひとたまりもない。さあ始まった。待ちに待った、ライブでの戦争です。これからこの鉄条網の中で繰り広げられる惨劇、とくとご覧下さい。

ベトナム人が逃げ惑い、走り、再び隠れ身を潜める。

タマシイ　一斉射撃に続いて、ノブナガたち、グエン・チ・ドックさんの一家に、乱入だ。そして、食卓めがけて乱射、老人、夫婦、孫皆殺しだ。そして、孫の口にはサツマイモのひとかけらがくわえられている。

リング上にＪＨＮＤＤＴ、ＡＤがあがる。

ＪＨＮＤＤＴ　直撃インタビューです、ええ、今の心境をお願いします。

カメレオン　殺される前に皆殺しにしてやる。

AD　ここでは、どの戦士に聞いても同じ答えが返ってきます。ロープに跳ね返る催眠術のようです。誰もが……一言お願いします。

カメレオン　殺される前に皆殺しにしてやる。

AD　こういう気持ちになるようです。現場からは以上です。

タマシイ　ありがとうございました。さあまだ戦いは始まったばかり。この日のミライの一日は長かった。

　ベトナム人が逃げ惑い、走り、再び隠れ身を潜める。

タマシイ　まず、リングの上に走りこんできたのは、レさん家族だ。退避壕に隠れていたが、おっといきなり爆薬を放り込まれた、死体は粉々だ。

ノブナガ　俺達は勇士だ！

カメレオン　俺達は不死身だ！

タマシイ　次はトリンさんの一家だ。

　ベトナム人が逃げ惑い、走り、再び隠れ、身を潜める。

タマシイ　八歳の子供が走り出てきた。あっさり射殺だ。口には朝ご飯が詰まったままだ。今度は、その走り出てきた壕の中へ、お約束の爆弾。ひとたまりもない、トリンさんと子供三人、ホアさんと子供二人、誰が誰やら形が分からない。

ノブナガ　ベトコン野郎は皆殺しだ！

　ベトナム人が逃げ惑い、走り、再び隠れ、身を潜める。

タマシイ　さて、ヴォ・チ・マイさん、数日前に出産したばかりだ。ちょっと体が弱っているぞ、このか弱き女性にどうする？　お、いきなり裸にして強姦だ。死ぬまで強姦だ。そして横で赤ん坊が泣いているぞ。ニョンさんは、どうだ？　こっちは出産間近の妊婦だ。あ、やっぱり強姦だ。でもこっちは、すごいぞ、新しい技だ。腹に銃剣を突き刺した。両足で踏んだ。そして、胎児を腹から突き出させた。そして、射殺して、現場から一言お願いします。

ノブナガ　ベトコンだ！　ベトコンだ！

　ベトナム人が逃げ惑い、走り、再び隠れ、身を潜める。

タマシイ　おっと、赤ん坊にお乳を飲ませているヴォ・チ・プーさん、お決まりの射殺、そしてなおもお乳にすがる赤ん坊もろとも、上から藁を放り投げて火を放った。焼かれたぞ、完全に焼かれて手足が縮んだ、見事だ、見事な技だ。

カメレオン　俺達は海兵隊！

ノブナガ　俺達は勇士だ！
カメレオン　俺達は歴史に残るんだ！
タマシイ　青年の純情は、他に言葉を知らないのか。

ベトナム人が逃げ惑い、走り、再び隠れ、身を潜める。

タマシイ　さて老人はどうしたものか、トゥルオン・トさん、顎鬚をつかまれたぞ、そしてどうする？　庭に引きずり出し殴りつけ、おっと、あっさり顎鬚を顎ごと切り落とし、井戸に突き落とし爆弾を投げ込んだ、華麗なる連続技。ムック・ライさんの顎鬚もつかまれた。が、今度は鬚に火をつけた。これは愉快だ、火をつけて笑っている。そして老人は怒っている。と、二発の銃声だ。これはあっけなかった、お、そこへ、シャツ一枚しか着ていない小さな子供の登場だ。あまた死体の上を這っていくぞ。どうやら、その死体の一つが母親か。死体の手をつかんだ。おっと、その時、遠くから一発でドーン。これまたあっけない。パム・チ・ムイさんは、十四歳の少女、もちろん決め技は輪姦だ、そのそばではすでに母親と赤ん坊が射殺されている。そして、どうやら強姦終了。そのまま小屋に押し込んで火をつけた、熱さのあまり家から飛び出そうとするパムさんを、何度も小屋に押し戻す。さあ焼け死んだか、どうだあ、やっと焼け死んだ。そして、お、見つけたぞ。生きのびた十二歳の少女ドチ・ギェットさん、あっさり腹部を切り裂いた、それでも足りないか、頭にまっすぐ銃を向けた。引き金を引いた。頭の半分が吹き飛んで、脳みそが零れ落ちた。濃いピンク色だ。しわのある大きな卵の黄身、そこで再び現場からお願いします。

カメレオン　自分がこんな目にあう前に皆殺しにしてやる。ベトコン野郎は皆殺しだ！　皆殺しだ！　皆殺しだ！

ノブナガ　俺たちは勇士か？

　　ますます猛り狂っていくカメレオン。次第に呆然としていくノブナガ。
　　すべてのベトナム人がリング上に上がり、そこでくずおれ、大量の死体になっていく。

タマシイ　さあ、今度はどこだ、どこをやる、誰かが走り出てきた、命中ですか？　リングサイドからは見えにくいのですが。

AD　はい見事に命中です。ゴムサンダルを履いたベトナム人です。ベトコンか、ただの農民か定かでありません。口が歪み、歯が茶色いです。

JHNDDT　現場のレスラーにマイクを向けてみます。

ノブナガ　俺達は勇士か。

カメレオン　よくやったぞ。

JHNDDT　たたえています。

カメレオン　お前、記念にこれで死体の耳を切れ。

ノブナガ　俺達は勇士か。

カメレオン　お前がいらないのなら、そいつの耳を俺がもらうぞ。

ＪＨＮＤＤＴ　おっと言うが早いか耳を切り取り、耳の穴に棒を突っ込み持ち上げています。現場からは以上です。

前面に出てくるカメレオン、遠くにノブナガのシルエット。

タマシイ　まるで世界中が催眠術にかかっている。誰がこの催眠術をかけたのだろう？　ぼうっとしながら、くり返し、くり返し、ロープにはね返っては戻ってくる。そしてドーンだ。そこで止まれないのか。止まれるはずだ人類ならば、おや誰だ。止まったぞ……向こう側から見えてきた兵士、見たことがある。誰なの？

入国管理局ボラ　あれがお前の父親だ。

タマシイ　え？　どういうこと？

入国管理局ボラ　あの兵士の影、あれがお前の父親だ。

タマシイ　こちらのリングサイドから実況しているのよ。父さんは、私の横にいるはずでしょ。

入国管理局ボラ　その天気のいい朝に四時間でミライを滅ぼしたアメリカ兵の一人、それがお前の父親だ。

ノブナガ、その場から走り逃げ出す。だが、鉄条網が幾重にもなっていて、逃げ切ることができない。

入国管理局ボラ　しかも、その戦場に耐え切れず、この鉄条網の中から逃げ出した、それがお前の父親だ。この中にいる限りは、なかったことにする。だって戦場ですから。だがひとたび、戦場から逃げ出たものは、人殺しだ。人殺しを追え！　アジアの密林の臭いに嘔吐しながら、おえっ！

走り出したノブナガ、後を追って去る入国管理局ボラ。
再び現れたノブナガ、その行く手に女が現れ、そこにしゃがみこむ。
女は、タマシイ。そのシルエット。

ノブナガ　どけ、お前も撃つぞ！
タマシイ　男は、闇に沈む女に向かってそう叫んだ。
ノブナガ　撃つぞ。
タマシイ　だが男の指は動かなかった。
ノブナガ　女は、怯えた目で俺を見つめた。息が荒く、声を絞り出しては苦痛に耐えていた。
タマシイ　あたしは、もう命が終わります。
ノブナガ　女の言葉はわからなかった。けれども、彼女の足元は、血でどろどろになっていた。
タマシイ　この体は、ときれるけれど、このタマシイを受け取って。
ノブナガ　女の言葉はわからなかった。けれども、女の足と足の間でぬめぬめと小さな何かが蠢いていた。

タマシイ　今生まれたばかりの赤ん坊です。
ノブナガ　俺は本能的に両手を差し出した。まるで海から上がってきたばかりの、海草がついたままのようなびしょびしょで、けれど温かく、限りなくやわらかいものをつかみとった。
タマシイ　ありがとう。
ノブナガ　女の言葉はわからなかった。女はそこで死んだ。父親でもないその男は、そのびしょびしょのものと一緒に、戦場を逃げ出した。沖縄へ逃げた。やがて沖縄が日本に帰ってきた。男はびしょびしょのものといっしょに、本土へ渡った。東京の小さな町へ、そして、戦場から引きこもったまま、男は……俺のリングの下で息を潜め三十年も暮らしていたのか。
タマシイ　リングの下に、そのびしょびしょだったタマシイも、一緒に棲みついた。父は三十年たって、ひっそりと息を引き取った。コロボックルのまま、誰にも気づかれず、まるでそんなことがなかったように父は死んだ。けれども、あったことをなかったことにしてはいけない。こんなコロボックルが、リングの下にいるわけがない。いいよ、それでも。あたしの父親なんかいるわけがない。いいよ、それでも。だとしたら、あのミライもないよ。天気のいい朝、四時間で滅びたミライの村が、無かったことになる時、あなた達の未来もなくなるよ。私は、このリングの下に「力」を語る為に棲みついたのじゃない。「無力」という力を語るために棲みついているの。人はいつも、取り返しのつかない「力」を使った後で「無力」という力に気づく。でもね、ミライから来たタマシイが言っているんだ。だから、まだ遅くはないのよ。私のミライは滅んだ。けれども、あなた達の未来はまだ、天気のいい朝に、四時間で滅んではいないのだから。

タマシイがリングの下に消えていくように溶暗。ヘリコプターの音が遠ざかる。
ふたたび明るくなると、何事もなかったかのように、TVクルーの三人、JHNDDT、AD、そしてDさえも、そこで慌しく、荷物を纏めている。

JHNDDT　邪魔だよ。
D　あ、ごめん。
JHNDDT　その荷物を取って。
D　何、俺？
JHNDDT　私は、荷物って言ったの。お前は、お荷物。
D　ああ。
JHNDDT　どいつもこいつも、（ADに）視聴率を二桁も間違えるかね。
AD　すいません。
D　え？　何？　じゃあ、50・0とか言っていたのは。
JHNDDT　0・5よ。近視よ、眼鏡のかけはじめ。
D　ま、うちにしては良かったんじゃないの？
JHNDDT　お前も途中からどこにいたのさ。
D　こわくて、こわくて覆面の中に隠れていた。

ＪＨＮＤＤＴ　だからプロレスなんて、今更どうやったって、そんなもんだって、あたしが言ってたでしょう。

ＡＤ　おれ、先に荷物を積み込んでおきます。

ＡＤ、去り際に、ノブナガの扉の下から、トレイを入れる。

トレイ戻ってくる。ＡＤ、去る。

別の扉から、大きなバッグを持ったカメレオンとサラマンドラが現れる。

Ｄ　あれ？　その荷物。

サラマンドラ　俺達も団体を替えることにしました。

カメレオン　だから、どの道ここで消えるって、俺が言ってたでしょう。

Ｄ　行き先あるの？

カメレオン　ユダヤ人の社長が、地方の団体を斡旋してくれて。

サラマンドラ　途中でリングから逃げたヘラクレスと違って、お前は最後まで闘ったからな。

カメレオン　俺、あんな目にあうのは沢山ですよ。

サラマンドラ　あ、グレイト今川から葉書が来てたぞ。

カメレオン　へえ、あいつら結婚したんだ。年金生活か、うらやましいなあ。

と言いつつ、カメレオンとサラマンドラは去る。

DとJHNDDTの二人が残る。

D　ユダヤ人の社長って誰なんだろう。
JHNDDT　わかるわけないでしょ。
D　だよな。
JHNDDT　でもユダヤ人じゃないことだけは確かね。
D　え？　ユダヤ人じゃないの？
JHNDDT　だって、八百長の元締めが、ほんとのこと言うわけないでしょ。
D　じゃあ、誰？

と言いながら、D、トレイをノブナガの扉の下から入れる。
戻ってくる。
D、トレイをテーブルの上に置く。

D　俺、ここに残ろうかな。
JHNDDT　何言ってんの。
D　これで、俺達がいなくなったら、誰もあいつに飯を作る奴がいなくなる。
JHNDDT　あの青年の純情と死ぬまで引きこもるのはごめんだよ。
D　あいつ、なんでロープの外に逃げ出したんだろう？

JHNDDT　ほら早くこの荷物をもちな。あたしは、あんただけで充分お荷物なんだから。

二人去る。

間。

ノブナガの扉が開く。旅行かばんを持って出てくるノブナガ、リング下に向かって。

ノブナガ　誰ひとり、君のことを語ろうとしない。まるで君はいなかったことになっている。でも僕は、あの戦場から逃げ出した時、君からうけとったびしょびしょになったタマシイを、ほら、あれからここに抱いたままだ。(両手で、赤ん坊を受け取るような仕草) このタマシイを、どこかのリングサイドで、青年の純情が、育ててみようと思うんだ。このタマシイの代わりに、消えてしまった君が、君そっくりのタマシイになって、どうか姿を見せますように。人類の力が、猛り狂い、押しとどめようのない姿に変わった時に、リングの下から、どうかどうか、君そっくりの、びしょびしょになったタマシイが、どうか姿を見せますように。

ノブナガ、去り際に、テーブルの上からトレイをリングの下に、運び入れてみる。

間。うんともすんともいわない。

扉を開けて、出て行くノブナガ。

間。

と、リングの下から、トレイが返ってくる。暗転。

恭子と出るか、美香と出るか

夢が後を引くということはよくあることだが、いい夢と悪い夢、どちらが後を引くものであろう。

具体的に考える為に、叶美香が出てきたのがいい夢、叶恭子が出てきたのが悪い夢ということにしてその違いをイメージしてみよう。

悪い夢を見ると「なんで俺、叶恭子の夢なんか見たんだろう？」少なくとも、その日の午前中は頭の中に叶恭子の顔が残っている。その夢の中で、叶恭子とどこまでひどいことになったたか、その度合いによっては、夕方くらいまで引きずる。それでも足りず、その夜、飲んでいる席で「俺、昨日叶恭子の夢見ちゃってさ」「うわあ〜」などということになって、おこげのように叶恭子の顔がこびりついてしまう。

これがいい夢だと「なんで俺あんなにいい夢を見てしまったんだろう？」などと思ったりはしないものだ。ただ嬉しい気分になって、それで終わりだ。風呂上りみたいにさっぱりしちゃう。いい夢なのは、覚えているのだが、「あれ？　誰が出てきたんだっけ？」とあっさりしたものだ。つまり、叶恭子の出てきた夢は引きずるけれど、叶美香の出てきた夢は意外にあっさりと忘れてしまう。

叶姉妹のおかげで、後に引きずるのは悪い夢の方だということが鮮明にわかった。


さて、演劇である。

劇場にいい夢を見に行くのか、悪い夢を見に行くのか、それはまあ趣味の分かれるところであろうが、ミュージカルなんて能天気なものが全盛の昨今、どうやらいい夢志向の観客が劇場を支配しているようだ。

私はそれが気に入らない。

感動する為にこの芝居を見に来たお客様、ごめんなさい。この芝居を見ても感動できません。涙は流せません。いや感動させてなるものか。涙など流させてなるものかという心意気で作っています。だから、感動はできませんが、後にはかなり尾を引きます。そのことがどうしても納得いかないお客様は、叶恭子が出てくる悪夢を見てしまったと思って諦めてください。そして尾を引いたものというのは、なんでこんな夢を見てしまったのか考えることになると思います。たまには、涙を流してさっぱりしないで、そんな悪夢も見てください。

（二〇〇七年「THE BEE」公演パンフレットより）

美術・衣装

ミリアム・ブータ(Miriam Buether)

照明　リック・フィッシャー(Rick Fisher)

音響

ポール・アルディッティ(Paul Arditti)

プロデューサー　北村明子

プロダクションマネージャー

ニック・ファーガソン(Nick Ferguson)

演出部/Stage Manager

サラ・ビューイック(Sarah Buik)

Deputy Stage Manager

リジー・ウィッグス(Lizzie Wiggs)

Assistant Stage Manager　奥野さおり

劇場プロダクションマネージャー

山本園子

照明助手

クリストフ・ワグナー(Christoph Wagner)

劇場照明　三谷恵子

照明操作　武井由美子

音響助手

ロス・チャットフィールド(Ross Chatfield)

音響操作　遠藤憲

衣装スーパーバイザー

ジャッキー・オートン(Jackie Orton)

衣装　SePT workshop

大道具制作　Capital Scenery Ltd.London

字幕制作・機材　㈱イヤホンガイド

(幕内覚／相原康平／横尾由美子)

国際貨物輸送

ケイラインロジスティックス㈱

技術通訳　大島万友美

法務アドバイザー

福井健策（骨董通り法律事務所）

制作協力　SOHO THEATRE

(Executive Director：Mark Godfrey

Deputy General Manager: Erin Gavaghan)

劇場協力　高萩宏／穂坂知恵子／矢作勝義

三上さおり

提携　世田谷パブリックシアター

企画・製作　NODA・MAP

Japanese&London Version

制作進行　藤田千史／吉澤尚子／藤田早苗

萩原朱貴子／林由香子／李銀京

票券　中村あゆみ／笠間美穂

広報　西村聖子

宣伝美術　平田好

写真撮影　加藤孝

パンフレット取材　岩城京子／尾上そら

沢美也子

パンフレットヘアメイク　新井克英

宣伝美術助手　添田陽子

宣伝美術協力　新井久保／露木繁雄

舞台写真撮影　谷古宇正彦

パンフレット協力　田中伸子／アンドリュー・カーショー(Andrew Kershaw)

ロンドン公演舞台写真

キース・パティソン(Keith Pattison)

ポスター貼り

ポスター・ハリス・カンパニー

印刷　㈱マルチプリント／吉田印刷工業㈱

野田地図番外公演『THE BEE』

原作：筒井康隆「毟りあい」

2007年6月22日（金）～7月29日（日）　シアタートラム

Japanese Version

【Cast】

井戸　野田秀樹

小古呂（おごろ）の妻、リポーター　秋山菜津子

安直（あんちょく）、小古呂、小古呂の息子、リポーター　近藤良平

百百山（どどやま）警部、シェフ、リポーター　浅野和之

【Staff】

共同脚本　野田秀樹＆コリン・ティーバン

演出　野田秀樹

美術　堀尾幸男

照明　小川幾雄

音響・効果　高都幸男

映像　奥秀太郎

舞台監督　瀧原寿子

プロデューサー　北村明子

演出補　高都幸男

美術助手　秋山光洋

照明操作　熊崎こずえ

音響操作　近藤達史

映像操作　㈱NEGA

舞台部　高原聰／磯崎珠奈

大道具制作

㈱俳優座劇場舞台美術部（石元俊二）

衣装協力　東京衣裳㈱（金子朝子）

小道具　高津映画装飾㈱（鵜城清）

小道具制作　㈲アトリエカオス

渡辺みのり

特殊効果　㈲インパクト（野本孝行）

協力

㈱HORIO

㈱クリエイティブ・アート・スウィンク

㈱クリプトニウム／㈲N.E.T.ON

山岡亜紀

提携　世田谷パブリックシアター

企画・製作　NODA・MAP

London Version

【Cast】

Ido

キャサリン・ハンター(Kathryn Hunter)

Ogoro's Wife, Reporter　野田秀樹

Anchoku, Ogoro, Ogoro's Son, Reporter

グリン・プリチャード(Glyn Pritchard)

Dodoyama, King of Chefs, Reporter

トニー・ベル(Tony Bell)

【Staff】

共同脚本　野田秀樹＆コリン・ティーバン(Colin Teevan)

演出　野田秀樹

THE BEE

原作：筒井康隆「毟りあい」

野田秀樹＆コリン・ティーバン：共同脚本

１９７０年代の東京の新興住宅街。

井戸　その日は長い一日だった。忘れずに息子へのプレゼントも買って家路についた。角を曲がればもう我が家、その時、わたしの目に飛び込んできたもの、それは……。

笛の音、警官が三人、現れる。

警官1　下がって、下がって！
井戸　え？
警官1・2・3　この道は封鎖されています。
井戸　でも、ここを通らないと家に帰れないんだ。
警官1　危険です。別の道を通ってください。
井戸　でもあそこに見える、あれが家です。
警官1　え?!　どれですか。

井戸　あれ。
警官1　じゃあ、あの家がお宅ですか。
井戸　はい。
警官1　つまりあなたが井戸さんでありますか？
井戸　ええ、じゃあ、いいですか？　ここを通っても。
警官1　はい。いや、ここでお待ちください。ただいま、本官が、百百山警部を呼んでまいります。落ち着いてください。

三人の警官は、三人のテレビリポーターに変わる。

リポーター2　井戸さん？　あなたが井戸さん？
井戸　そうですが。
リポーター3　井戸さんだ、井戸さんが見つかった。
リポーター2　ええ、私はただいま、渦中の人、井戸氏と共に家の外に立っております。井戸氏は、青ざめた表情で、極めて不安げな様子です。
リポーター1　井戸さん、一言お願いします。今の心境を。
井戸　あの、驚いてます。
リポーター1　井戸さんは、一言驚いていると、驚愕を隠せない様子です。
リポーター2　結婚されて何年になられますか？

リポーター1　（やや小声）今の質問を、繰り返しながら答えてもらえますか。編集の手間が省けるので。
井戸　あ、はい。ええ……結婚してから、七年になりますが、付き合い始めてからは、随分になります。大学の文化祭の時に、たまたま……あの、女房が何か。
リポーター2　（リポーター仲間に向かって）え？　奥さんのこと、知らないんだ。
リポーター1　井戸氏には、まだこの事件の全容が知らされていないようです。
井戸　あの、女房が何か悪いことを。あいつは、悪いやつじゃありません、普段は、おとなしくて、朝は弱い方ですが、子供の面倒もちゃんと見ていますし、わたしの弁当だって毎日、めったに手も抜かず……。
リポーター2　奥さんじゃありません。
井戸　え？　じゃあ、子供？　息子ですか。六歳ですよ。六つの子に何が出来ますか。何かあったとしても、それは出来心だよ。
リポーター2　井戸さん、脱獄犯です。
井戸　誰？
リポーター3　脱獄犯が、あなたの家に立てこもってるんです。
リポーター1・2・3　井戸さん、今の心境を。
井戸　ほっとしました……え?!　じゃあ、女房と子供は？
リポーター2　人質にされています。
リポーター2・3　井戸さん、一言お願いします、今の心境を。

リポーター1が百百山警部に変わる。

百百山　どきなさい。取材は、後にしなさい。ほら、どけ！

リポーターら、ちりぢりに去る。

百百山　ご主人ですね。私は、警視庁の百百山です。本件についての、これまでのところの説明をするにあたって、井戸さんのお気持ちを乱すことを恐れるあまりに、もって回った言い方をしたり、なかなか事件の核心について語らなかったり、言葉を濁したり、そういう話し振りというのが、かえって、ご主人のような被害者家族に精神的苦痛を与えるという、これまでの私の経験に鑑みて、そういう意味でも、遠まわしなことをやめて、単刀直入にですな、真実を包み隠さず、つまり、なんと申し上げればよいのか、今日、殺人犯がですな。

井戸　殺人犯なんですか。

百百山　動揺しないで、正直に申し上げてるんですから。

井戸　はい、すいません。

百百山　小古呂吾郎という、懲役二十年の殺人犯が、昼過ぎに、刑務所から脱走しました。

リポーター3　小古呂は交番に押し入り、警官を襲い銃を奪い、さらに警官を射殺したもようです。

リポーター2　実は小古呂には、まだ籍を入れたままの妻がおり。
百百山　浅草なんかで踊っている、ストリッパーですが。
リポーター2　小古呂は、妻に他の男が出来たと刑務所内でうわさを聞き、いてもたってもいられず犯行に及んだようです。
百百山　当然我々は、小古呂の自宅で待ち伏せしましたが。
リポーター3　若干の初動捜査のミスが重なり。
百百山　若干です。
リポーター2　小古呂は警察に気づき逆上。
百百山　我々は小古呂の後を追いましたが。
リポーター2　その結果、小古呂は全く無関係な井戸さんの家に逃げ込んだもようです。
百百山　そしてあなたの奥さんと息子さんを人質にして、自分の女房と子供に会いたい。連れてこなければ、あなたの奥さんとお子さんを殺すと、なにやってんだ！
井戸　すいません！
百百山　いや、あなたじゃない。そこのテレビカメラ！　勝手に近づくな。犯人が逆上するだろう！　ええと、どこまで話しました？　そうそこで、犯人小古呂の女房と連絡をとり、奴と話をさせようとしたんですが、奴にすっかりおびえていて、説得に応じてくれない。その上、今日は、息子の誕生日とかで、家で息子の誕生会をしたいと。
井戸　え？　誕生日?!
百百山　そりゃ、犯罪者の息子にも誕生日くらいありますよ。

井戸　うちの息子と一緒だ。
百百山　え？　息子さんも犯罪者なんですか？
井戸　誕生日が今日なんです……で、どのくらい立てこもっているんですか？
警官2　かれこれ二時間、すぐに井戸さんの勤務先に電話を入れたんですが、帰宅するまで随分、時間がかかりましたねえ。
井戸　息子の誕生日プレゼントを買っていたもので。
百百山　それは、ご立派なことです。
井戸　ボタンを押すだけで計算してくれる機械です。
警官3　電卓でしょ、電卓。
警官2　今年一番の人気商品ですよ。
百百山　頭を使って計算もしない。いやな時代になりましたなあ。
井戸　ええ。……で、話の続きは？
百百山　続き？　ああ、今ので全部です。
井戸　全部って、警察はどうするつもりなんですか？
百百山　どうするって？
井戸　これからですよ。
百百山　今の所、警察としては……。
井戸　なんです？
百百山　困っているところです。

井戸　でも、私の女房と子供は。
百百山　まだご無事です。
井戸　まだってあんた……。
百百山　失礼。ずいぶん長い間、ご無事です。
井戸　長い間、ご無事ではいけないみたいじゃないですか。
警官1　井戸さん、心配しないでください。小古呂が保証したんです。しばらくは奥さんとお子さんに手を出さないと。
井戸　いつ手を出すんです。
百百山　井戸さん、我々は警察ですよ。奥さんたちが、かたわにされたりする前に、事態を収拾しますよ。
井戸　かたわにされたり？
百百山　いちいち揚げ足を取らないで。
井戸　かたわにされたりと言ったのは、あなたですよ。
百百山　心配しないでと言ってるでしょう。
井戸　でも、あなた、かたわにされたりって言いました。
百百山　そうはならないだろうと言ってるんだよ！　……お茶。
井戸　小古呂と話は、できてるんですか？
警官2　それはもう、お宅の電話線を、われわれの前線本部に直接つなぎました。
井戸　どこに前線本部が？

警官1　あのパトカーの中です。
井戸　だったら今、わたしに、犯人と直接、話をさせてください。説得してみます。こう見えてもわたしは、学生時代、弁論部の部長をしていましたから。
百百山　そうですかぁ……弁論部ですか。弁論部って言ったら、あれでしょう、「いうなれば」とか、いうやつでしょう。私が出た三流の大学にはなかったな、そんなクラブ。
井戸　あなたの大学は関係ないでしょ。
百百山　弁論なんて、そういう理路整然とした喋りは、かえって、中学をでているかも怪しい小古呂の気持ちを逆なでするだろうな。それ以前に、奴はどもりです。弁論部が、どもりの前で流暢に喋る。反感買いますよ。そのうえ、あなたは、身なりもいいし、美男子だし。
井戸　そんなことはありません。
百百山　いやそうです。
井戸　そんなことはありません。
百百山　そうです。
井戸　仮にそうだとしても、電話じゃ、身なりなんてわからないでしょ。
百百山　いや、その喋り方。大企業に勤めているエリートさん独特の自信、家には、可愛い妻と甘やかされた息子。
井戸　息子を甘やかしたりしてません。
百百山　いや、してないつもりでも、小古呂の目にはそう映ります。そこへもってきて、どもりの前で弁論部がべらべらと、まちがいないな、奴は、奥さんとお子さんを殺しますよ。そうなって欲しくないでしょ。

井戸　わたしの会社は大企業でもなければ、エリートでもない。

百百山　私は、ただ犯罪者の視点に立ってものをみているだけです。私にはね、犯罪者の心理がわかるんです。

井戸　じゃあ、わたしにただ指をくわえて、成り行きを見守れというんですか。

百百山　いえ、できることがあります。

井戸　なんです。

百百山　警察を信用することです。

井戸　でも、あなた達はなにもしていない。

百百山警部と他の警官、呆れ顔で見合う。

百百山　今のところはです。では、失礼します。

警官2・3は、リポーター2・3に変わる。

リポーター2　百百山警部、一言お願いします。

百百山　警察は、全力を尽くしています、ありがとう。

百百山、去る。井戸に再び群がるリポーターら。

リポーター2　井戸さんは、たった今、事件の全容がわかられたようです。
リポーター3　今の心境をお願いします。
井戸　わたしは……わたしは、小古呂にシンパシーを感じます。小古呂も、わたしも立場は同じ、家庭を持つ父親です。息子を持つ父親です。そして、偶然の一致ですが、今日は小古呂の息子とわたしの息子、二人の誕生日です。これが、わたしの誕生日プレゼントです。電卓です。

この様子を、離れたところのモニターで見ているディレクターら。

ディレクター　一旦、コマーシャルにいこう。
リポーター2　はい。
ディレクター　犯罪者と被害者、その息子二人の誕生日の行《くだ》りまではよかったが、電卓が泣けない。
リポーター2　もっと泣けるプレゼント無いですかね。
ディレクター　コマーシャルあけは、感情をもっと顕にだしてもらえ、怒りでも叫びでもなんでもいいんだ。
リポーター3　井戸さん、もう一度お願いします。
井戸　わたしは、小古呂にシンパシーを感じます。今日は小古呂とわたしの息子、二人の息子の誕生日です……。

リポーター2　少し、泣けませんか？

井戸、素直に涙を浮かべるように努める。

井戸　二人の息子の誕生日です。

リポーター3　いいですよ。もっともっと感情を出して。

ディレクター　男の涙は、意表をつく。

リポーター2　もっと、頭を下げて泣いて、下げた分だけ視聴率が上がるんだから。

ディレクター　もう一度、3、2、……（ロパクで1、ハイ）

リポーター2・3　井戸さん、今の心境を。

井戸　わたしは、小古呂にシンパシーを感じます。

ディレクター　あ、またふつうになっちゃった。

リポーター2　ヒステリックになってもいい。

リポーター3　暴力ふるってもいい。

リポーター2　土下座でもいいんだ。

ディレクター・リポーター2・3　3！2！（ロパクで1、ハイ）

井戸は、一瞬やってみようとする。

井戸　でも、わたしは、小古呂を理路整然と説得したいだけなんです。
ディレクター　理路整然？
リポーター2・3　理路整然？　誰がそんなもの見たがる？
リポーター2　泣きたいの、みんな泣きたいの！
リポーター3　ディレクターの言うとおりにやってくれよ！
井戸　もう勘弁してください！　百百山警部！　百百山警部！

百百山警部、警官2、再び現れる。

百百山　はい？（井戸と顔を合わせると、一度去ろうとする）
井戸　（百百山を止めて）小古呂の奥さんは、小古呂を説得するのはいやだとおっしゃったんですね。
百百山　そうです。
井戸　でも、わたしが、彼女に言えば、彼女、少しは気持ちが変わりませんか？　彼女の良心に訴えられませんか？
百百山　ストリッパーですよ。良心のある女が、他人の前で裸になりますかね。
警官2　でも、風俗の女は、意外に情が深いって言いますからね。
百百山　……やってみるか。安直！　ここだ。こちら井戸さん。

安直　安直であります。
百百山　こちらさんが、小古呂の女房と話をしたいそうだ。
安直　あの女房と？
百百山　私は、現場を離れられない。君が責任を持って、お連れするように。
安直　了解しました。

安直と井戸は、「井戸さん」と叫びながら群がるリポーターたちを掻き分けて、車に乗る。
車の中は静かだ。

安直　小古呂の女房、いいっすよ。ちんぽ、たっちゃいますよ。

安直、ソフトクリームをなめ始める。

安直　ま、男だったら、一度はああいう女とやってみたいって思うだろうなあ。それが、なんでまた、あんなちんけな野郎と結婚したのかな。わかんねえな。ちんけなちんぽか。（大笑い）

安直、ソフトクリームを井戸に勧める。

安直　これうめえや、なめます？　こっち、口つけてないから。あ、いらない？

なにかにぶつかる。

安直　猫だ。（歌を口ずさむ）ロンドン、ロンドン、愉快なロンドンドン、楽しいロンドンドン、ロンドン、ロンドンドン。……でも、まぶい女だけど、だめっすよ。あいつ、絶対にあんたの言うことなんかきかないっすよ。あの女、脳みそのついてない肉の塊だから、っていうか、肉だから。上カルビだから。上カルビに理屈言っても無理っしょ、わかる？

井戸　はい、少しずつわかってきました。

安直　っていうか、女ってみんなそうなんじゃない？　知ってます？　女の足は何のためにあるか？　ってジョーク。

井戸　え？

安直　女の足は何のためにあるか？

井戸　女の足ですか？　生物学的には、男となんら……。

安直　ジョークだから。いい？　女の足は何のためにあるか？　寝室と台所を行き来するためにある。（大笑い）いいな、このジョーク、アメリカンですよ。あ、着きました。

車が停まる。リポーターの群れに再び取り囲まれる。安直と井戸、車から降りる。

リポーター4　井戸さん！　井戸さん！

安直　おら、おら邪魔だ、どけよ蛆虫！　こっちは大事な用で来てんだ！
リポーター４　どんな用件ですか？

安直、拳銃を抜く。

安直　お前らの知ったことか、頭ぶち抜くぞ。
リポーター４　ひぇー。（と言いながら去っていく）

安直、小古呂の家のドアを叩く。

安直　おい、早く開けろ！　外は人でいっぱいだ。
声　どっか行っとくれ。マスコミなんか大嫌いだよ。
安直　そんな屑どもじゃない、警察だ。
声　なおさらごめんだよ、小古呂の説得になんか、絶対行かないよ。

安直と井戸、強引に家に入る。

小古呂の妻　何よ、勝手に入ってきて、あたしは警察とはもう話は済んでるんだ、これ以上何一つ話すことはないんだ。

安直　でも、この方が話すことがあるんだ。
小古呂の妻　誰だよ。
安直　井戸さんだ。
小古呂の妻　知らないよ、そんなタコ。
安直　お前の馬鹿夫が銃を突きつけている女性と子供の旦那だ。
小古呂の妻　小古呂は、もうあたしの夫なんかじゃないよ。
安直　まだ離婚してないだろう。だったら、殺人犯でも、お前らは夫婦なんだよ。このやらせ女が。
小古呂の妻　息子の前で、汚い言葉使うんじゃないよ。このインポ。
安直　インポどものちんぽを毎晩しゃぶってんだろうが。
小古呂の妻　あたしの家で、汚い言葉使うんじゃないよ。
安直　この小汚い家でちんぽって言っちゃいけねえのか。
小古呂の妻　子供の前だよ。
安直　小汚いがきの前でちんぽって？
小古呂の妻　このチンカス！
井戸　まあまあ、二人とも落ち着いてください。わかりました。奥さんが小古呂……さんを憎んでいることは。でも小古呂さんは。
小古呂の妻　小古呂でいいよ。
井戸　はい、その小古呂はまだ、あなたのことが忘れられない。だから、あなたに。

小古呂の妻　そんなの、あいつの勝手だろう。

井戸　奥さんにとって、その坊やが可愛くてたまらないように、わたしも息子のことが可愛くてたまらないんです。お願いです。お願いします。どうか、わたしの息子を助けてください。お願いします。

少し心揺れている様子の小古呂の妻。

小古呂の妻　ごめんなさい。あたしこれからちゃちゃっと着替えて、お隣さんに息子預けて、誕生会をやってもらうことになってんの。あたしには、夜のお勤めがあるから。ごめんなさい、お生憎様。

小古呂の妻、家の奥へ姿を消す。

安直　（井戸に）な、俺の言ったとおりだろう！　（小古呂の妻に）なにが夜のお勤めだ。欲求不満のサラリーマンの前で、けつふって、パカッと大また開いて、え?!　この人の女房と子供の頭におめえの亭主が銃を突きつけている時に、俎板ショーでもやるのか？　おめえらが本番やってることくらい知ってんぞ！　おらあ！　戻ってきて、話を聞けよ、この売女……。

井戸、傘立てからバットを抜き取り、安直の後頭部めがけて、振り下ろす。

ぼこ。

奥から、小古呂の妻、現れて

小古呂の妻　なにしたの？……あ、あんた、警官を殺したのよ。

井戸　気絶しただけだ、死んじゃいない。

井戸、安直の腰から拳銃を抜き、小古呂の女房に銃口を向ける。そして、安直からホルスターつきのベルトをとり、腰に巻きつけ

井戸　足を持て。

小古呂の妻　ど、どうする気？

井戸　外へ放り出す。早くしろ。

小古呂の妻　わかったわ、わかったから。

井戸と小古呂の妻、安直の体を玄関先の道路へ引きずり出す。

安直を引きずり出すことで、安直は小古呂の息子に変る。

井戸　言うことさえ聞けば痛い目にあわせない。家中の雨戸を全部閉めろ。それから電灯を全部つけろ。

小古呂の妻　子供には何もしないで。

井戸　お前みたいな女でも、やっぱり子供は可愛いか。だったら、早く雨戸を閉めろ。

小古呂の妻、何もしない。

井戸、小古呂の息子の方に銃を向けながら

井戸　そうだ、坊やが十数える間に、ママが家中の雨戸を全部閉められるかどうか見てみようか。坊や、十数えられるかな。

小古呂の息子　（いきなり数え始める）1、2、……。

小古呂の妻は何が始まったかわからず、とにかく部屋中を走り回り、雨戸を閉める。

小古呂の息子　……10。

閉め終える。ほっとする小古呂の妻。

だが、一匹の蜂が、共に室内に閉じ込められていることに気がつく。

井戸は、異常に蜂が嫌いである。

井戸と小古呂の妻、部屋を飛び回る蜂を目で追う。

蜂、テーブルの上にとまる。

井戸、カップを持って、恐る恐る近づき、すばやくカップの中に捕らえる。

蜂を捕らえた喜びに、井戸、踊り始める。ラジオから、音楽が流れている。井戸、狂ったように踊り続けている。


突然、玄関を叩く凄まじい音。

井戸、小古呂の妻に、無言で鍵を閉めるように指示する。

小古呂の妻、内側から鍵を閉める。

その鍵を渡すように、井戸が指示する。

小古呂の妻、鍵を井戸に渡す。

井戸　裏口はないだろうな?
小古呂の妻　見たとおりよ。
井戸　ついでだ、家の中を案内しろ。
小古呂の妻　(こわごわとストリッパーのように動きながら井戸に愛想を振りまく)玄関から入ってすぐが六畳の居間。その向うに、申し訳ていどの縁側、西向き。台所。トイレ。そして、居間に戻って……。
井戸　ほう、これは美しい。仏壇ですか?

小古呂の妻　三面鏡よ。鎌倉彫なの。気に入った？
井戸　浮いている。鎌倉彫は、この部屋では浮いている。おや？　ダイエーで買ったとおぼしき
テーブルの上にこれは何ですか？
小古呂の妻　オルゴール。
井戸　曲は？
小古呂の妻　白鳥の湖。

オルゴールを開けて一、二秒、白鳥の湖を聞く。井戸、閉める。

井戸　そのオルゴールの隣にあるのは？
小古呂の妻　電話。
井戸　これが外と繋がる唯一の道ですね。

電話が鳴る。
井戸、小古呂の妻、ともに受話器を取ろうとするが、井戸、一瞬早く取る。

井戸　もしもし。
声　今、そちらの家の玄関から頭の鉢を割られた警官がころがり出てきました。家の中で何か、
あったんですか。

井戸　あんたは誰？
声　イブニングニュースのものです。
井戸　じゃあ話す用はない。
声　しかし、われわれには真実を報道する権利があります。
井戸　もう一度言う。話す用はない。

受話器を叩きつけるようにおく。
背後に立ちすくむ小古呂の妻に向き直り

井戸　戒厳令発令！　本当に他に出入り口はないか厳重にチェックしろ！　たとえ小さな窓でさえもだ。蟻があけた小さな穴から、堤防は崩れる。いいな、誰かが、その穴から入ろうとしたり、そこからお前が逃げだそうとしたら命はない。それがルールだ。

小古呂の妻、息子を抱きしめながら

小古呂の妻　あなたのお望み通り、あたし何でもするわ。どこへでも行くわ。小古呂と話すわ。だから子供だけは、逃がしてあげて。
井戸　小古呂と話す？　小古呂と話す？　なぜ最初からそれをやらなかった。わたしが、最初にここに来た時、わたしの頼みを聞いてくれと言った時に。

小古呂の妻　だって今は、だって今は、……銃を持ってるもの。お願い子供は助けて。

母と子が抱き合って泣き続ける。

井戸　ごめんなさい、お生憎様だ。時すでに遅し。いつまでもこれ見よがしに、抱き合うな！見ているだけで吐き気がする。

便所の方から物音がする。
井戸、息を殺して、便所に近づく。便所の戸を開く。

井戸　や。
リポーター　や。
井戸　これはまたなんでしょうか。不思議なものがお宅にはありますな。これは、人間の上半身でしょうか？　便所の小窓に胸元まで、つっかえて、四苦八苦しています。中に入りたがっているようにもみえますが、外へ出してあげましょう。

井戸、銃把でリポーターの顔を殴りつける。

リポーター　ぎゃ、やめてくれ。フジテレビだ。怪しいものではない。

井戸　わかっている。怪しいのはこっちだ。
リポーター　何が起こっているのか、知りたいだけなんです。真実を知りたいだけです。
井戸　お前らは敵だ。
リポーター　は？
井戸　それだけが真実だ。
リポーター　どういうことです？
井戸　真実を知りたいというから教えてやったんだ、お前らは敵だ。
リポーター　わたしたちは、敵なんかじゃ……。

井戸、リポーターの口の辺りを銃把で殴る。
リポーターの歯が折れ、スイカの種のようにばらばら吐き出し、リポーターは窓の向こうへ落ちていく。

井戸、六畳の間へ戻る。

井戸　戒厳令発令！　戒厳令発令！　窓は釘付けにしろ！……おや？　リビングに戻ると、これまた素晴らしい光景が目に入ってきました。あれほど、抱き合いながら悲しげに泣いていた哀れ母子が、玄関の三和土《たたき》におりて、鍵をガチャガチャいわせているではありませんか。なかなかあきませんね。鍵はかなり頑丈に出来ているようです。では、天井はどうでしょう？

井戸、天井めがけて、拳銃をぶっぱなす。
ずがーん。
天井からぱらぱらぱらと石膏の破片が雨と降る。

井戸　部屋が震える。耳で震える。哀れ母子も震えている。石膏のかけらの雨が降っている。だが、彼女は果敢にも起き上がりドアに向かっている。そこで俺は、彼女の頬に銃を当てて言う。そんなことをやれと俺が言ったかな？

井戸、小古呂の妻の下へ近づき、後頭部に銃口を押し当て

井戸　今度こそ殺すぞ。

小古呂の妻は失神する。
戸外が騒がしくなる。
リポーターたちの姿が、ガラス戸に映る。
ガラス戸を叩くものもいる。

外からの声　そこで何が起こっているんですか、教えてください！

井戸、銃を玄関についている郵便受けから外へ向けて

井戸　うしろに下がれ、近づくな！　さもないとみんな殺すぞ！　（失神している小古呂の妻に）おい！　部屋にもどれ！　気絶している。グニャグニャになって重たくなった女をようやく座敷に引きずり戻し、と今度はなんだ、え？　これは？　子供が小便を漏らしています。なんというお宅探訪でしょう。

見れば、子供が小便を漏らしている。

井戸　（失神した小古呂の妻に）小便を漏らしてるぞ。お前の子供が小便を漏らした。おい、餓鬼がズボンに小便を漏らしたと言ってるんだ。着替えさせてやれ。

静寂。
仕方なく、井戸、子供のズボンを替える。
電話が鳴る。
井戸、電話を無視してしばし、子供と遊ぶ。ほどよいところで、電話にでる。

電話の声　井戸さんか。

井戸　そうだよ、百百山。
百百山　安直の頭をバットと思える堅い棒で殴打し、へこませ、昏倒させたのは、井戸さん、あなたですか。
井戸　俺だ。
百百山　井戸さん、なぜそんなことをした。おれの部下に。何も悪いことをしていない。おとなしい善良な警官に。
井戸　わたしも、つい今しがたまでは善良な一市民だった。だが今は、被害者でいる適性がないことが分かった。
百百山　井戸、よく聞き……。
井戸　聞こえないよ。今や俺はあんたの法権力の範囲外にいる。お前が俺の言うことを聞け。そうだお前、テレビカメラの前に立て。
百百山　うん？
井戸　イブニングニュースのカメラの前だ。
百百山　言ってる意味が……。
井戸　言われたとおりにしろ。
百百山　わかった。そうしよう。

井戸が見ているテレビの中に、百百山警部の姿が現れる。
小古呂の妻は、すでに意識を回復しているがまだ気絶したふりをして聞き耳を立てている。

この電話をしている間、井戸は、小古呂の息子をかまってあげる。二人は次第に仲良くなる。

井戸　お久しぶり、百百山警部。
百百山　どうすればいい、どうして欲しいんだ？
井戸　わかったんだ。俺は、被害者に向いていない。被害者って奴は、見ていて胸糞悪い。いつも泣き言ばっかし言って、そりゃ楽なもんだ、現実を見ないで気絶してりゃいいんだから。簡単だ。だが俺は、困難な方の道を選んだんだ。だからあんたはとやかく言うな。
百百山　とやかく言う。こんなことで家族を救えると思っているのか。
井戸　まだわかってないな、あんた。
百百山　わかっている。いや、わからない。いやどうだ、わかっているのか？　どうすればいい。教えてくれ。急に犯人が二人になって、人質も倍になった。こういうのは、マニュアルにない。これは、ひとつの事件なのか。それとも、二つの事件なのか。
井戸　ひとつの事件だ。
百百山　じゃあ捜査本部はひとつでいいんだな。
井戸　解決方法もひとつだ。
百百山　どうすればいい。
井戸　そこに俺の家との直通電話はまだあるか。
百百山　それはまあ、あるが。

井戸　じゃあこの電話を、俺の家につなげろ。
百百山　どういうことだ？
井戸　俺が小古呂と直接話す。
百百山　む？
井戸　どうかしたか。
百百山　たとえあんたが家族の安全を守る義務を放棄したとしても、こちらはやっぱり、あんたの奥さんと子供の命を守り続けなければならない。
井戸　それがどうかしたか。
百百山　あんたと小古呂が電話で口論にでもなれば、あんたの奥さんと子供の身が危なくなる。
井戸　なんで、俺たちが喧嘩するときめるんだ？……あんた、忘れるなよ。もし電話をつながなかったら、ここにいる小古呂の女房と餓鬼の身が危険にさらされることにもなるんだぞ。
百百山　それは、脅迫か？
井戸　お前、俺に脅迫して欲しいのか？　その方が立場的にありがたいのか？

間

百百山　ああ。
井戸　だったらこれは脅迫です。
百百山　とすれば、他に選択肢はない。電話をつなごう。十分かそこいら、待ってくれ。ああ、それから……その電話は盗聴してもかまわないか？

井戸　警察が犯人に聞くことかな。

百百山　ああ、初めてのことばかりでどうかしている。

井戸　俺もこんなことするの初めてだが、どうもしてないよ。

井戸、電話を切る。

百百山　ちょっと待て。まだ話が終わってな……

井戸、テレビを消す。
小古呂の妻が、スカートの裾が捲くれているのを気にして、井戸に気づかれないように直そうとしている。
その様子をしばらく意地悪く見て楽しんでいる井戸。
小古呂の妻の脇腹を蹴る。

井戸　俺の目を釘付けにするな。便所の窓を釘付けにしてこい。今度誰かが入ってきたら餓鬼を射殺する。

小古呂の息子、もう一つの受話器をテーブルに置く。

小古呂の妻、脇腹を押さえながらのろのろと台所へ行く。
電話が鳴る。
井戸、電話にでる。

小古呂の息子が小古呂に変る。

井戸の家の居間にいる小古呂と、小古呂の家の居間にいる井戸は、同じ空間を使って、それぞれの居間を表現する。

小古呂　だだだ誰だ。
井戸　そっちからかかってきたんだ。誰はないだろう。
小古呂　おおおおお俺がかけた？　どういう意、意、意味だ。
井戸　へえ〜、どもりの話は、作り話じゃなかったんだな。
小古呂　なな。
井戸　なんでもないよ。警察が両方へかけてつないだんだよ。お前、小古呂だろ。
小古呂　そそそ。
井戸　おれは井戸だ。お前が立てこもっているその家の主人だ。わかるか。
小古呂　わわわ。
井戸　わかっているなら話を続けよう。今俺はお前の女房と餓鬼を人質にお前の家に立てこもっている。その証拠に、ほら、パパだよ。

井戸が、小古呂の息子に受話器を渡そうとすると、便所の窓に釘を打っていた小古呂の妻が飛んできて、受話器をひったくる。

小古呂の妻　このばか、かす！　この人の息子と奥さんに何してんの？　どうしてあたしにまでこんなことすんの？　あたしたちの暮らしまで滅茶苦茶にしてさ。
小古呂　お前を、ああ愛してる。
小古呂の妻　あたしは愛してない。
小古呂　お前は俺のにょにょ女房。
小古呂の妻　こんなひどい目にあわせて、よく言うよ。このげす、かす、ぼけ。この人は、銃を持っているのよ。
小古呂　俺もじゅじゅじゅじゅじゅじゅ銃を持っている。
小古呂の妻　なぜ脱獄なんかしたの？　何考えてるの？
小古呂　だって、りりりりり離婚。
小古呂の妻　離婚て何？
小古呂　だって他のおおおお男。
小古呂の妻　他の男？
小古呂　ううう噂を聞いた。

小古呂の妻　あたしから聞いた訳じゃないだろ、このげす、かす、ぼけ！　あたしから聞いた訳でもないのに。その挙句にこんなことになっちゃって……（気を取り直して）いい？　いい？　離婚も他の男も存在しないの。あたしの隣で、銃を持って立っている男以外は存在しない。だから、わかるわね？　諦めてその家から出て、刑務所に帰るの。これはすべて間違いでした、色に溺れてバカをやっちゃいましたって言いなさい。

小古呂　むむむむ無理だ。警官をここここ殺した。

小古呂の妻　何したって。

小古呂　いい今言った通りだ。

小古呂の妻　馬鹿、かす、げす、ぼけ、あほ、間抜け！　離婚よ離婚、絶対に離婚するからね！　その家から出な、人質を返しな！　馬鹿、かす、げす、ぼけ……。

小古呂　うわあああああ！

小古呂、小古呂の妻に殴りかかる。もちろん現実には殴ることはできない。だがかつて、そうやって小古呂が小古呂の妻に暴力を振っていた姿になる。

その存在しない暴力に怯えて、小古呂の妻は、受話器を落とす。

小古呂の妻、かつて暴力を振われた後で、恐る恐る室内に壊れて散乱したものを、拾い上げたように、床に落ちた受話器を拾い上げる。

そして井戸に受話器を渡す。

井戸　これで事の次第はわかったろう。これからどうしたものかね？
小古呂　むむむむ息子の誕生日だ、息子と、ははは話させてくれ。
井戸　俺の息子も今日が誕生日だ。
小古呂　ほほほほほんとか？
井戸　プレゼントも買ってある。
小古呂　おおおお俺もだ。
井戸　へぇどうやって手に入れた？
小古呂　ぬぬぬ盗んだに決まってんだろ。
井戸　そりゃそうだ、そりゃそうだ、そりゃそうだ……で、何を盗んだ。
小古呂　ででで電卓だ。
井戸　（偶然の一致に驚いて）へえ、電卓か、どうだ、こうしないか。俺が、俺の買ったものを
　お前の息子にやる。お前はお前の用意したものを代わりに俺の息子に上げる。
小古呂　ななな何を買った？
井戸　同じものだ。
小古呂　ででで電卓か、すすすすごい偶然だ。
井戸　ああ、すごい偶然だ。
小古呂　メーカーは？
井戸　アイワ。
小古呂　アアアイワ？　アイワの電卓？　聞いたことがない。むむむ息子にそんな二流のがらく

たはやれない。そんな取引に犯罪者が乗っかれるか。井戸、ビジネスマンの癖に、お前は取引が下手だ、下の下の下だ。

井戸、一旦、小古呂の息子に手渡したプレゼントを奪い返し、目の前で踏み潰す。小古呂も同じことをする。

二人とも興奮している。

井戸　お前を道連れに地獄に行こうか。いや、お前の女房と子供も道連れにだ。
小古呂　ななななな何をするつもりだ？
井戸　俺の家から出て行けば何もしない。
小古呂　お前の家を出たら、刑務所にぎゃぎゃぎゃぎゃぎゃ逆戻りだ。女房にも会えない。そのために仕出かしたのに。
井戸　まだ分かってないな？　お前の女房はお前に会う気はない。
小古呂　他に男がでででできたのか？
井戸　ここに来て直接聞け。
小古呂　駄目だ、お前が俺のところに家族を連れて来い。
井戸　いや、お前がそこから出てこっちに来い、でなけりゃ、俺は近所では、穏やかなご主人で通っていたけど、お前の女房を強姦する。
小古呂　ごごごごご強姦魔になりたいのか？

井戸　（小古呂の女房にちょっかいを出しながら）いや、わたしはビジネスマンだよ、心底、冷徹なビジネスマンだ。そして今から、その冷徹なビジネスマンがどれほど冷徹になりえるかみせてやろう。
小古呂　女房にてててて手を出すな。たたたた頼む。
井戸　お前が俺の家から出て行けば解放するよ。
小古呂　できない。
井戸　それが取引だ、……それが取引というものなんだよ……。無理なら。

井戸、床を這う小古呂の妻ににじり寄る。小古呂の妻、逃れようとする。

井戸　後は、あなたのご想像にお任せします。

井戸、テレビを点ける。料理番組をやっている。

シェフ　ありがとう栗原さん。さてそれでは、手の込んだ料理など待てないというせっかちな人のために、もっとシンプルな料理。膝の上においたままでも召し上がれる料理です。
井戸　腹減った。
シェフ　あ、テレビの前から離れないで。
井戸　腹減った、聞こえなかったか？　もう7時半だ。いつもなら夕食を済ませている時間だ。

シェフ　さあ、すばらしいロマンチックな夕べを演出しましょう。
井戸　俺の女房は料理がうまい。マカロニグラタンだって作れるんだ。知ってるか？　マカロニグラタン。さっさと料理しろ。
小古呂の妻　でも8時までに夜のお勤めに行かないといけないの。遅れると給料から天引きされるの。
井戸　俺の食事の支度はしたくないのか？
小古呂の妻　あなたの奥さんほど上手に作れないと思うわ、たぶん。
井戸　俺もそう思う。わかった。行けよ。お前の夜のお勤めに行ってきな。楽しんできな。ただ、家に戻ってきたときに、どうなってると思う？
シェフ　後は、皆さんのご想像にお任せしましょう。

井戸、鍵をポケットから取り出し、玄関の鍵を開け、小古呂の妻を家から無理やり外に押し出す。

井戸　（外の小古呂の妻に向かって）お前の餓鬼をバーベキューにして食っておいてやるよ。

小古呂の妻、ドアを叩く。井戸、ドアを開く。

小古呂の妻　せっかくのご好意だけれども、今夜は、家にいることにします。

井戸　賢明な選択だ。

井戸、小古呂の妻をキッチンに連れて行き、こま切り包丁をまな板に突き刺す。小古呂の妻、それを受け取り、従順に料理を始める。

シェフ　今夜はお家で、すてきにロマンチックな夕食を。

電話が鳴る。井戸、受話器を取る。背後で、テレビの中のシェフと小古呂の妻、同時に肉を細切れにしている。

小古呂　いいいい井戸か？
井戸　（嬉しそうに）小古呂。
小古呂　あいつは、どどどどうしている？
井戸　飯を作ってくれてる。
小古呂　どどどどういう意味だ？
井戸　腹が減ったから、俺のために飯を作っている。
小古呂　そその後は？
井戸　三人で飯食う。
小古呂　いい一緒に、かかかか家族みたいに？

井戸　そうするか。俺たちのことを放送しているテレビでも見ながら。
小古呂　よし、こここここっちもそうしてやる。くそ、それからどうする？
井戸　他にすることもないから、寝ることになるな。
小古呂　寝、寝、寝、寝。
井戸　寝る。
小古呂　ど、ど、ど、どうやって寝る。
井戸　布団を敷いてさ。
小古呂　布団を敷くのか。
井戸　そうだ。
小古呂　お……お……同じ布団で寝るのか？　それともべべべべ別の布団で？
井戸　同じ布団だ。逃げられたら困るからな。
小古呂　やめろ。
井戸　心配するな。まだ、お前の女房を犯したりしない。取引があるから。
小古呂　どどどんな取引だ？
井戸　あの取引だよ。もし、明日の朝になってもお前が出て行かないなら、お前の女房を強姦し、息子を痛い目にあわせる。
小古呂　なななななんで俺ばかりが脅迫されてるんだ?!　ここにはお前の女房と息子がいるんだ。わわわわ忘れるな？
井戸　忘れてないよ。

小古呂　なら、おおお俺の女房と子供をすぐに連れて来い。ででなけりゃお前の女房を犯す。
井戸　俺はかなりかっとしやすい気性だ。怒らせるような真似をしたら。
小古呂　どどどうなる？
井戸　何をしだすかわからないぞ、なんせ今や、俺はお前となんら変わりがないんだからな。
小古呂　おおお前に何ができる？
井戸　お前の息子の小さくて白い腕、これが痛めつけられるかと思うと、本当に気の毒だよ。
小古呂　おおおお前にそんな真似ができるか。金玉の小さいお前に！
井戸　金玉が小さいかどうかみせてやろうか?!

井戸、突如、逆上し、小古呂の息子の腕をねじり上げる。

小古呂　なな何をしてる？　どうした？　息子になな何をした？
井戸　次は餓鬼の首を絞める。
小古呂　やめろ、やめろ、たた頼む。頼むから、息子をたた助けてくれ。
井戸　どこに、被害者におおお願いする犯人がいる？
小古呂　おおお前がそうなら、てめえの餓鬼もぶちのめしてやる！

小古呂、受話器を乱暴にテーブルに叩きつける。弾みでオルゴールが宙に飛ぶ。オルゴールは白鳥の湖を奏でる。小古呂、井戸の息子を平手打ちする。井戸以外全員、悲鳴やうなり声をあげる。

突如、静けさ。白鳥の湖の曲のみが、オルゴールから小さく聞こえる。その中で。

井戸　白鳥の湖の旋律の彼方で、助けを求めて叫ぶ息子の声と小古呂を止めようとする妻の声が聞こえた。

オルゴールの音楽がやむ。

完全な静寂。

ぼきっと音がする。

無意識に井戸は、小古呂の息子の小指を折っている。

小古呂　なななななな何だその音は？　なななななな何をした？

井戸　お前の息子の小指を折ったみたいだ。

『マイウェイ』がかかる。その中でのスローモーション。

小古呂の息子、苦痛に転げまわる。

小古呂の妻も、息子をどうにかしようと追って転げ回る。

井戸、テレビを消す。
電話が鳴る。
同時にスローモーションから元に戻る。
小古呂の妻はパニックに陥り、息子の指に必死に包帯を巻き、さらに息子に鎮痛剤を飲ませようとする。
井戸、受話器をとる。

井戸　はい？
百百山　井戸、テレビを点けろ。

井戸、言われたとおりにする。

百百山　（テレビの中に現われて、電話で）井戸、お前のとった行動に私がどれほど憤慨しているか（口パクになる）……。
井戸　や。

百百山は、ひどく激昂している。井戸、テレビの音量を落とす。そのため、百百山は口をパクパクさせているのみで、声は聞こえない。

井戸 （聞いている）そうだ、百百山、折れた。（聞いている）何？　それは脅しか？　俺を脅すなんて止めな、俺は激昂しやすい。（聞いている）駄目だ、残念だが医者は受け入れない。そいつは、医者の名を騙った刑事かもしれないからな。（聞いている）これから晩飯を食う。食いながらテレビが見たい。おやすみ、百百山警部。

井戸、電話を切る。

井戸 晩飯はどうした、今すぐ食うぞ。

小古呂の妻、夕食を取りに行く。怯えた小古呂の妻は、今や言いなりである。

井戸 食べるに従って落ち着いてきた。起こった全て、過ぎ去った全ての出来事を思い出す。人生の中で、今が、もっとも自分をコントロールできている、そんな気がしてきた。見つけ出した新たな自分にどんどん慣れてきている。百百山にも言った通り、俺にはメディアの為に被害者を演じる適性がない。だからその道を外れて、加害者の道を行くことに決めたのだ。まさしくこの道が、真実の私だった。そして今の私であり続けることが、今や私に与えられた最も重要な責務だ。今の私には生気が漲っている。今の私には物事の真実の姿がわかる！　今の私にはありとあらゆる可能性が見える！

井戸は、小古呂の妻に、お茶を注ぐように仕草で合図する。

小古呂の妻、井戸にお茶を注ぐ。

井戸は、そのお茶を小古呂の妻に渡す。そして、自分の為に、卓上にうつ伏せにされていた茶碗を取り上げて、

井戸　今の私にかんぱーい！

と、その茶碗の中には、先ほど捕まえた蜂が入っている。蜂は部屋を飛び回り、井戸の顔にとまる。蜂は、井戸の顔を這い回る。井戸、目で小古呂の妻に助けを求める。

彼女は突然暴君が、弱者になったことに怪訝な思いを抱く。そして、決心をつけかねているが、やがて、彼の顔面にとまった蜂を追い払ってやる。

蜂、飛び立つ。井戸、銃を取り出し、狙いを定めるようにして、飛んでいる蜂を追う。

井戸、蜂を撃つ。

蜂が床に落ちる。

蜂、静かになる。


井戸、蜂を殺した歓喜の中で狂ったように踊る。小古呂の妻、その様子を気味悪く見ている。井戸、ついには、小古呂の妻に、その踊りを強いる。小古呂の妻、ポールダンサーさながらに踊る。井戸、小古呂の妻に近づいて、銃口で小古呂の妻の体を撫で回す。小古呂

の妻、恐怖に立ち竦みながらもかすかに体を動かしている。

井戸、意識的に拳銃をテーブルの上に置いて鏡の前に行く。ネクタイを直す。

小古呂の妻、何のために拳銃がそこに置かれたのか、あまり突然のことに考えがまとまらない。

小古呂の妻、試しに、拳銃の方へ手を伸ばしてみる。

手が震える。そして体も震える。だが、ついに拳銃に手が触れる。拳銃を震えながら、井戸に向かって構える。その時、小古呂の妻、井戸が鏡の中から見ているのに気づく。小古呂の妻、恐怖心から、テーブルの上に拳銃を戻し、部屋の隅にうずくまる。

井戸、彼女の元へ行き、ベッドへ連れて行く。

二人、横になる。小古呂の息子、母親の元へやってくる。

井戸は寝返りをうつばかりで、眠れない。小古呂の妻は恐怖心と警戒心で同じく眠ることなくじっと隣に横たわる井戸の様子を窺っている。

井戸　今日は何曜日だ？

小古呂の妻　木曜日。

井戸　木曜日は、妻を抱くことにしている日だ。
小古呂の妻　でも、明日の朝までは何もしないって言ったわ。電話で彼に。私聞いてたの。
井戸　その時俺は、今や俺は犯罪者だとも言ったはずだ。そして犯罪者は約束を守らない。

井戸、まず、眠っている息子を向こうへ追いやる。それから、小古呂の妻の足を開かせようとする。小古呂の妻、二度抵抗する。三度目にさしたる抵抗もなく、股が開かれる。

井戸　彼女はさほど抗うこともなく身を任せた。俺の妻も、今ごろ、小古呂に犯されているかと想像すると俺はぞくぞくし……。

儀式的な性交の様子。その絶頂、井戸、射精すると同時に拳銃を発砲する。だが、このたびは発砲音は聞こえない。

井戸　……早々にいってしまった。それから我々は眠りに落ちた。

オペラ「蝶々夫人」より、ハミング・コーラス。

翌朝。井戸、起きると、髭を剃り、ネクタイを締め、背広を着るなど日々の日課をこなす。まるでそこは彼の家であり、それはなんら変わらぬ普通の日であるかのように。小古呂の妻も起きて、井戸の上着の皺を伸ばすためにアイロンをかける。そして、台所へ朝食の準備に向かう。彼女もまたそこは彼女の家であり、普通の日であるかのように。

小古呂の息子、まだ痛みと恐怖に脅えた状態で、テーブルについている。

井戸、朝の日課を済ませると、受話器を取る。

井戸　小古呂か？
百百山　井戸、私だ。
井戸　百百山。
百百山　思ったとおりだ。お前たち犯罪者同士、直接話をさせたのは最悪の手法だった。挑発し合ってエスカレートするばかりだ。
井戸　なるほど。その言葉から推察するに、奴はまだ俺の家にいるな。
百百山　……
井戸　……警官を一人よこせ。いや百百山、お前でいい、お前がいい。洗面所の窓の外に立て。小古呂に届けてもらいたい物がある。

井戸、受話器を置く。井戸、台所へ行ってまな板と包丁を持ってくる。

井戸　申し訳ない。わたしは本当に無礼な男だ。いろいろゴタゴタしていたんで、坊やの名前も聞いていなかった。ボク、ここにおいで、名前を教えてくれないか？

何が始まるのか恐ろしくて小古呂の息子は答えることができない。答えなさいとばかりに小古呂の妻は目で合図をする。だが答えない。やむなく、代わりに彼女が答える。

小古呂の妻　六郎。

井戸　六郎君か。年はいくつかな？　六郎くん。

答えられない六郎の代わりに

小古呂の妻　昨日で、六歳になりました。

井戸　六歳か。偉いぞ。わたしの息子と同い年だ。六郎君、悲しいことだけど、期限がね、君のお父さんに用意した期限だが、もう過ぎてしまった。彼は、まだわたしの家を出ていない。だから坊や、残念だが、君の小指を君の手から切り離さなければならない。

言うが早いか、井戸、小古呂の息子の折れた小指を切り落とす。

小古呂の息子、気絶する。

小古呂の妻、悲鳴をあげる。

井戸　封筒だ！　封筒が要る！

小古呂の妻は恐怖に我を失いながらも、従順に封筒を取ってくる。井戸、彼女にその封筒をなめさせる。井戸、それに宛名を書いて、百百山が待つ洗面所の窓辺へ行く。

百百山　井戸、井戸、よく聞け！　本当に、私は……。

井戸、窓を勢いよく閉める。小古呂の妻は、息子の指の止血をしようとするが、同時に恐怖でパニックに陥る。ヒステリックになったかと思うと、テーブルの下に隠れる。電話が鳴る。相手が百百山と分かるや井戸はすぐにテレビをつける。そこに百百山の姿がある。

百百山　指だ！　井戸！　これは指だ！　指（口パクになる）……。

井戸、音量を落とす。百百山は口パクとなる。百百山は、恐怖と怒りとで、激しく何かを言っている。だがもちろん聞こえない。暫くその姿を眺めている井戸。

百百山　（実際には聞こえない台詞）（このたびばかりは、これは行き過ぎた。お前はサラリーマンだろう。もっと分別があってしかるべきだ。なんだこの封筒の意味は？　指だぞ！　指、指）……はあはあはあ。

やがて、百百山、激昂しすぎて疲れ果てた姿が画面の中に見える。そこで井戸、音量を上げる。

井戸　小古呂にそれを渡すだけでいい。さもなければ。

百百山　さもなければ？

井戸　何をしでかすかわからない。

百百山　それは脅しか？

井戸　脅しだよ、それで満足か？

百百山　満足だ。

井戸　結構。

百百山　井戸！　井戸！　井戸……。

井戸、受話器を置く。そして、テレビのチャンネルを変える。

リポーターがテレビ画面に映し出される。

リポーター1　私は今井戸が立てこもる家の前にたっています。確かに彼が六郎君の小指を切り落としたもようです。繰り返します。井戸が、男の子の小指を切り落としました。そして警察は今、身の毛もよだつこの封筒を小古呂に渡しに行っているところです。この争いが激化するに従って、小古呂よりも井戸の方が、より凶悪な犯罪者であるということが明らかになってきました。

井戸、玄関を開けて外にいるそのリポーターに向かって発砲する。

リポーター1　井戸が私を撃ちました。繰り返します、井戸が私を撃ちました。あの野郎、俺を撃ちやがった！

リポーターは、グリルの上の海老のようにのたうちまわる。小古呂の息子も銃声に怯えて、同じようにのたうち回る。小古呂の妻もヒステリー状態になる。彼女は、さらに鎮痛剤を息子に与えるが、もう効かない。彼女は、また違った狂気の状態になる。何も異常なことはないように振舞う。そして再びテーブルの下に隠れる。

玄関の郵便受けから何かが投げ込まれる。投げ入れたのは百百山である。

井戸、その封筒を拾い、中を見る。中には井戸の息子の小指が入っている。そのことを確認して、井戸、まだ身もだえしている小古呂の息子を腕に抱き、昔話でも聞かせてあげるかのように

井戸　昔々或る所に一人の男がいました。どうみても彼は善良な人間にしか見えませんでした。彼は一生懸命働き、家族を大切にし、普通とはかくあるべしと思われるとおりの人生を生きてきました。しかし或る時、悪い人がこの善い人の生活に割り込んできました。そして善い人の息子と妻を人質にとったのです。善い人は善良だったはずなのですが、普通とはかくあるべしと思われるとおりの行動をとることができませんでした。それで彼は、悪い策略を用いて、悪い連中を悪さでしのぐために完璧に悪になりきる決心をしました。それこそが、彼がしなければならないことなのです。彼が悪くなればなるほど、それは善いことなのです。

井戸、小古呂の息子の手から薬指を切り落とす。

井戸　封筒だ！

小古呂の妻、すでにヒステリー状態ではなくなっている。ただただ、狂気的静寂に転じている。暴君に言われたままに封筒を取ってきて中に指を入れる。その封筒をなめて封印さえする。井戸、その封筒を持って洗面所の窓辺に行く。窓を開ける。そこに、百百山がいる。井戸、百百山に封筒を渡す。そして窓を閉める。井戸が部屋に戻ろうとすると、小古呂の妻が、背後から井戸の上着を脱がせる。そしてそこに敷かれてある床に誘う。

オペラ「蝶々夫人」から、ハミングのコーラス。

あっけないセックス。井戸、天井に向かって銃を撃つと同時に射精する。

翌朝、三人、目覚める。今や、すっかり日課と化した行為が、儀式のように演じられていく。その儀式とは、

三人、起き上がる。

井戸は洗面所で髭をそり、ネクタイを締める。

その間に、小古呂の妻は、井戸の服にアイロンをかけ、朝食の準備をする。そろって三人、朝食を食べる。

食事中に、玄関の郵便受けに封筒が投げ込まれた音がする。小古呂からの封筒である。その封筒を、井戸が開ける。

その中には、井戸の息子の切り取られた指が入っている。

それを確認して、井戸は小古呂の息子の指を切る。小古呂の息子、失神する。小古呂の妻が封筒を持ってくる。封筒の中に、井戸が切り取られた指を入れる。小古呂の妻が、封筒をなめて封印する。そして井戸、洗面所の窓へ行く。小古呂の妻がついていく。そこには百百山が待っている。百百山にその封筒を渡す。すぐさま小古呂の妻が、井戸の上着を脱がせベッドに連れて行く。セックスをする。セックスが終わると眠る。小古呂の息子、ベッドへやってくる。母親の側で眠る。

朝が来る。また三人が起き上がる。

そして、同じことが始まり、同じことが繰り返される。

同じ事をこうして三度繰り返した時、小古呂の息子、最後には自ら手を差し出す。小古呂の息子が死ぬ。

井戸と小古呂の妻だけで、その日課を続ける。

小古呂の妻はその日課の中で、何かが違うこと（つまり息子が死んでいること）にうっすらと気がついてはいる。だがそれが何なのか分からずにいる。

たった一度だけ、朝食の準備を終えた後に、その絶望的な状況に、小古呂の妻が気がつく瞬間がある。声を出さずに、天を見上げ叫ぶ。だが、井戸が背後から近づき、セックスをする儀式がある。

と、また、小古呂の妻は何事もなかったかのようにその日課を繰り返し始める。

そして、その儀式的な日課の中で、井戸が小古呂の妻の薬指を切る時。

井戸　薬指を切断するとき、包丁を持ったまま、俺の思考も切断された。目の前の女が、俺の妻なのか小古呂の妻なのか分からなくなった。（小古呂の妻に）君は誰？

薬指を切断する。

百百山に封筒を渡した後、その窓から小古呂の妻に外を見せてやる。

そして、二人、日課に戻る。

井戸、最後の日課の中で、小古呂の妻の指をすべて切り落とす。その場にくずおれるように小古呂の妻は死んでいく。井戸、小古呂の妻が死んでいるのに気づく。もう食料がない。そして、切る指もない。その中で井戸は最後の日課を一人で続ける。

井戸 我々の周りの世界がゆっくりと失せていく。メディアは新しいニュースを、警察は新しい事件をみつけた。ただ、一日に一度、まるで郵便配達のように、百百山がやってきては、私と小古呂のプレゼントを運んでいた。

井戸、その日の最後の日課が終わると、テーブルの前に座る。
電話が鳴る。
井戸、受話器を取る。

井戸 小古呂？　小古呂、お前まだそこに居るのか？　見ろ小古呂、俺はお前に勝った、次は俺の小指を送ってやるよ。

井戸、受話器をおく。そしてまな板の上に、自分の左手をおき、指を切り落とそうと右手を振り上げようとした瞬間、一匹の蜂の音が聞こえる。
その一匹の蜂の音は、次第に蜂の群れ飛ぶ音に変わっていく。凄まじいばかりの音になった時、かまわず、井戸は右手を自分の頭上へ振り上げる。

その瞬間、暗転。

そして、井戸が蜂の恐怖を征服するたびに踊った時の音楽が鳴り響く。

あとがき

「21世紀関係者」

21世紀はまだこれから百年近くもある。始まったばかりなのに、我が物顔で『21世紀を憂える戯曲集』刊行だ。もう21世紀を知り尽くした男気分である。俺は何様なのだろう？　「頼まれもしないのに、しゃしゃり出て、もっともらしくその事象を語る人々」、そういう人間を〇〇関係者と呼ぶ。そう、私は今世紀初の、自称21世紀関係者である。

そんな私、21世紀関係者が、21世紀を「憂える」と言っている以上、早くも「21世紀、やばくねえ？」気分なのである。始まったばかりなのに、もう駄目かという気分にさせられたものと言えば、一昔前の阪神タイガース、第二次安倍内閣、いくつかの芸能人カップル、日本男子マラソン。ま、こうしてみると、21世紀の憂えられブリは（ま、そんなブリがあるとすればだが）大したことがないのかもしれない。

確かに、よく考えると、遥かにやばいのは、これからの百年よりも、自分の個体としての命の方だ。

別段、環境破壊だとか食糧危機だとかを持ち出さなくとも、今生きている人間の殆どが、この21世紀の末には、自然に死に絶えている。

厚化粧して大予言などしなくとも、きっぱりとこう言える。「21世紀が終わる頃には、あなたはもうこの世にいない」

今生きている我々に限って言えば、21世紀の終わりには、自然に任せても、ほぼ死に絶えているのだ。

そう考えると、我々が21世紀について深刻に憂えるべきことなど何もない。

21世紀、大丈夫か？　などと思う必要もない。

21世紀は、これから生まれる人間に任せておけばいい。そういうことになる。

だから、未来を憂えるような愚かなことはせず、過去を懐かしめばいい。

それで近頃は、「昭和の貧しかった頃に力強く生きていた人々」とか、「戦争中にも健気に生き延びた人々」なんかの物語で、スッキリ泣いてしまおうということになっている。

不幸な時代にも幸せを見つけることができたのだから、私達は大丈夫。そんな哲学で生き抜こう。いや哲学などと言う大仰なものではない。処世術だ。やり過ごすように生きてしまえ。一事が万事、こんな感じだ。


だが、私は（実は私達は）痩せても枯れても21世紀関係者である。21世紀に足を踏み入れてしまった以上、それがたとえほんの僅かだったとしても、21世紀関係者なのだ。その意味で、私一人ではなく、今生きているすべての人間が21世紀関係者なのだ。

そして、○○関係者という以上、だれもが、「頼まれもしないのに、しゃしゃり出て、もっともらしく語り」始めなくてはいけない。必ずしも憂える語り口である必要はない。いやできれば、我々の後に続く21世紀関係者には、「21世紀を愛《め》でる戯曲集」を編んで欲しい。

野田秀樹

参考文献一覧（「ロープ」に関して）

『ホンダット洞窟の夜明け～ベトナム戦争を支えた女性達』アィン・ドゥック著、冨田健次訳（穂高書店）
『ベトナム戦争～誤算と誤解の戦場』松岡完著（中央公論新社／中公新書）
『ベトナム症候群～超大国を苛む「勝利」への強迫観念』松岡完著（中央公論新社／中公新書）
『ベトナム戦記』開高健著（朝日新聞社／朝日文庫）
『輝ける闇』開高健著（新潮社／新潮文庫）
『サムライYの青春～ベトナム戦争日本人志願兵の手記』横内仁司著（角川書店／角川文庫）
『ベトナムの少女～世界で最も有名な戦争写真が導いた運命』デニス・チョン著、押田由起訳（文藝春秋／文春文庫）
『兄弟よ、俺はもう帰らない～ベトナム戦争の黒人脱走米兵手記』T・ホイットモア著、R・ウェーバー編、吉川勇一訳（第三書館）
『我々はなぜ戦争をしたのか～米国・ベトナム　敵との対話』東大作著（岩波書店）
『歴史としてのベトナム戦争』古田元夫著（大月書店）
『エアー・コンバット～ベトナム従軍パイロットの記録』アメリカ空軍省編、難波皎訳（原書房）
『マクナマラ回顧録～ベトナムの悲劇と教訓』ロバート・S・マクナマラ著、仲晃訳（共同通信社）

『密入国ブローカー〜悪党人生』相川俊英著（草思社）
『本日も不法滞在〜入国管理局で会いましょう』張芸真著（朝日ソノラマ）
『悪役レスラーは笑う〜「卑劣なジャップ」グレート東郷』森達也著（岩波書店／岩波新書）
『現代思想〜プロレス』二〇〇二年二月臨時増刊（青土社）
『流血の魔術　最強の演技〜すべてのプロレスはショーである』ミスター高橋著（講談社）
『マット界　あの舞台裏が知りたい！〜格闘技&プロレス』別冊宝島（宝島社）
『平気でうそをつく人たち〜虚偽と邪悪の心理学』M・スコット・ペック著、森英明訳（草思社）
『悪について』エーリッヒ・フロム著、鈴木重吉訳（紀伊國屋書店）
『信長とは何か』小島道裕著（講談社）
『伊賀天正の乱』横山高治著（新風書房）
『信長は謀略で殺されたのか〜本能寺の変・謀略説を嗤う』鈴木眞哉／藤本正行著（洋泉社／新書y）
『織田信長』佐々克明著（新人物往来社）
『ネルソンさん、あなたは人を殺しましたか?〜ベトナム帰還兵が語る「ほんとうの戦争」』アレン・ネルソン著（講談社）
『「ソンミを振り返る」A LOOK BACK UPON SƠN MỸ』（吉川勇一氏ホームページ内にある文献）クァンガイ省一般博物館著、吉川勇一訳
（HPアドレス　http://www.jca.apc.org/~yyoffice/）

初出

オイル　「文學界」二〇〇三年五月号
ロープ　「新潮」二〇〇七年一月号
THE BEE　「新潮」二〇〇七年七月号

単行本化にあたり、上演台本を基に加筆修正を加えた。

本書収録の作品中、差別的表現が出てくる箇所がありますが、著者の意図は決して差別を目指すものではありません。作品の文学性、芸術性の上から表現の言い替えを行わず、原文通りの表記といたしました。読者の皆さんのご賢察をお願いいたします。

〈編集部〉

21世紀《せいき》を憂《うれ》える戯曲集《ぎきよくしゆう》

著　者………野田秀樹《のだひでき》

発　行………2007年11月30日

3　刷………2021年10月15日

発行者………佐藤隆信

発行所………株式会社新潮社

郵便番号 162-8711 東京都新宿区矢来町71
電話　編集部03(3266)5411
　　　読者係03(3266)5111
http://www.shinchosha.co.jp

印刷所………大日本印刷株式会社

製本所………株式会社大進堂

乱丁・落丁本は、ご面倒ですが小社読者係宛お送り下さい。
送料小社負担にてお取替えいたします。
価格はカバーに表示してあります。

「THE BEE」は、「毟りあい」(筒井康隆)を原作としています。

ISBN978-4-10-340514-6　C0093